大煙袋

喬木短篇小說集

目次

大煙袋

一

長長的古道在荒原中蜿蜒的延伸著，一騎坐騎踏著古道向前急馳，馬蹄過處，揚起陣陣漫天的煙塵。落日正坎在西方那帶丘嶺的山坳口，金色的光芒從那兒一直照過這帶荒原，和遠處崗巒重疊的山峰。給荒原的黃昏，映襯出一片灝瀚而略帶淒冷的蒼涼。

在古道的另一端，正有一路商隊踏著夕陽，迤邐而行。由於那是一路由許多隻駱駝組成的商隊，所以現在的時刻，已是暮靄四合，牠們的步子仍像紳士一般，邁得緩慢而悠閒；清響的駝鈴，錚錚著響到遠處，又從遠處叮噹著傳了回來。走在駝隊前面的，是一位騎著一匹棗紅駒子的中年漢子，嘴上銜著一支有二尺多長的旱煙袋，有一搭無一搭的吸著。在煙袋桿子上，拴著一只繡著一條大金龍的煙袋荷包，菸裝得鼓鼓的。當他看到前面的來騎時。便回頭看看拖拉在古道上的駝隊，三三兩兩的，起碼有一二里長。他才猛一勒韁繩，取下嘴上的旱煙袋，敲著馬鞍把煙灰磕掉，重新裝上一鍋子。並且把戴在頭上那頂土耳其式的老山羊皮帽子，向上推了推，便露出一個寬寬的額頭，和一張方方的大臉。那一臉的絡腮鬍，又黑乎乎的順著兩頰往上爬，直伸到兩個耳根子，紮在腰間那根兩寸多寬皮帶上，兩邊各斜插著一支駁殼槍。

他就是這條古道上，無人不知無人不曉的劉青雲，外號劉老大；只是這個外號被人叫久了，把他的本名也給掩住了。他把那袋煙，慢騰騰的點著火，口銜著白玉煙嘴子長長吸一口，煙鍋裡便冒起一道細細的青煙，在溟溟暮色中徐徐的向上飄升，接著融入灰暗的霧靄裡。這時對面的那匹馬，已經風一般捲到劉老大面前，馬上的人見了他，飛身從鞍上跳下來，站在路邊說：

「大哥，你到了？」

「老二，是你呀？我還以為是那路英雄好漢，來攔我劉老大的生意呢。」劉青雲用手理著那條拴煙荷包的絲帶子，烏木做的煙袋桿，油光水滑。不知是那一位巧手的大姑娘，給他做了一只能配上這支大煙袋的荷包兒。

「你真是說笑話，大哥。在這條大道上，提起你這支大煙袋，誰不禮讓三分。還敢來攔截我們的生意，那不是吃了熊心豹子膽，活得不耐煩了。」

「就是這話了，這個世界上，人外有人，天外有天，把話說滿了不是好事。」劉老大笑迷迷的鬆開拉絲帶的那隻手。突然荒野裡刮起一陣風，揚起一蓬沙，他又一本正經的說下去：「所以我擔心，我這支大煙袋，也有折的一天。好了！後面的駝隊差不多都趕上來，你也上馬吧，自家兄弟用不著這麼多禮了。可是……」等那個喚做老二的漢子飛身上了馬，劉老大的眼珠子朝他又一轉的問：「你怎麼知道的？我今天會回到這裡？」

「我大前天在街上碰到大腳板。他告訴我你們上路的日期，算日程今天該到了，所以才迎上來看看。你知道大腳板那一夥，在路上出事情了？」

「出了什麼事情？」

「還不是碰到道上的朋友，強打硬要，他們也只有破財消災。所以我急的不得了，前來看光景。」

「你真的歷練多了，老二。不過這趟生意還不錯，很有一點賺頭。只是窮鬼惡神難免遇上幾個，好在看在我這支大煙袋的份上，還沒多刁難。」

「我想他們也不敢動硬的。」

「話不是那樣說的，老二。」劉老大檯手撫了撫他的絡腮鬍，向前望望，落日已經沉到山坳後面：「他們剛照面的時候，自然不會逞強使硬了，只說年頭艱難了，弟兄們沒飯吃了。你說怎麼辦？你能不識相一點嗎？要是你還不開竅，大家撕破臉。別說你雙掌難敵四拳，就算你能宰掉他們幾個，樑子就結定了，以後就休想有太平路走。所以我這幾年，越跑越小心，該燒香拜佛的，就燒香拜佛。還好，那方面的朋友，還給我留一點老面子。」

「你真是太辛苦了，大哥，這麼大的年紀了，還要帶著商隊風裡雪裡跑，跟小毛賊們打交道。」

「為了賺幾塊錢，就訴不得苦。你呢？老二，你這兩個月，都在做什麼？怎麼搞的？都卸了掉斤兩了？」劉老大的目光落到二虎子的臉上，他原先那個黑紅的腮幫子，怎地凹下去像削的一樣？

「你說我瘦了？」

「是啊！也不是我說你，老二，我們這行靠跑腿吃飯的人，要的是有好本錢，才風裡雪裡頂得住。」

「這個我知道，我不會胡來的。」

「那你這些日子都在這裡做什麼？只吃飽飯沒有事，坐在樹底下看螞蟻上樹？看瘦的。」

「沒事的時候，我也會練練槍法。」

「錢呢？」

「花光了。」

劉老大的神態一愣，但一眨眼又恢復常態，把旱煙猛吸了一口，舉起煙鍋子把裡面煙灰磕掉。

「老二，我說一句不中聽的話，你可別生氣。你大哥是一個見過世面的人，花個千兒八百的，也不會心痛。只是花錢要花在刀口上，不能扎撒著手亂花，像往大海裡扔，連個響聲都聽不到就沒了。你想想，我臨走的時候留給你一百多塊大洋錢，要是在我們家鄉，一個五六口之家，一年中連吃帶花都綽綽有餘了。你只一個人，怎會花的那樣快？」

二虎子脹紅臉，用手玩弄著馬轡繩。

劉老大一看那情景，就明白幾分。

「你是不是花到女人身上了？」

「是的！」二虎子的聲音在喉嚨裡怯怯打個轉。

「哈哈！」劉老大縱聲大笑了：「就花在紅紅書院那個小紅姑娘身上嗎？我早就料到了，你會在她身上栽一個大跟斗。也罷！花錢買個乖，值得。」

「我還在迎賓客棧的櫃檯上，拿了幾十塊。」

「嗯！」劉老大點了一下頭。

「本來用不著花那麼多的錢。」二虎子把馬向劉老大靠過去：「是和趙二渾子標上了。」

「趙二渾子是誰？沒聽說過這個人。」劉老大朝他身邊的伙伴看了一眼，伸手拍拍他的肩，兩人便並排緩緩徐行。這時蒼茫的暮色，變得更濃了，灰灰的壓在駝隊上空。這位名喚二虎子的老二，名字雖有點憨，人卻挺俏俐，身子也長得渾厚結實，一臉聰明相，是這個商隊的二把頭。可是上次商隊西去，他卻留在車埕子。

「是從北地來的一個生意人，還有兩手呢，每天和我爭著捧小紅，誰都不服誰。」

「還沒鬧到拔槍，就算你命大。」

「我知道他沒有那個膽量，在這片地腳上闖的人，就算沒見過你這支大煙袋，也聽說過你的大名。不過我還是嚥不下這口氣，大哥，你得給我做主啊。」

「到了地頭再說吧。現在你還得先走一步，告訴迎賓客棧的掌櫃的，我們隨後就到了，要他把我們的住宿吃食準備好，別到時候抓瞎。」

二虎子應了一聲「是」，接著一抖馬轠繩，帶著滾滾的煙塵飛走了。可是劉老大跨下那匹大駒子，見伙伴一溜煙就不見影子，也把兩隻前蹄向空中騰了騰，伸長脖子，向天空發出一陣長嘶。而劉老大也一勒馬轠繩，閃到路邊，看著滿馱著羊毛、皮貨、藥材等駝群，一隻隻從他面前走過去。他的這趟生意還不錯，載去的糖、茶磚、布疋、綢緞，都賣了個好價錢。再把帶回來的東西運到蘭州，羊毛賣到軍呢廠裡紡呢子，皮貨和藥材，分別送到批發的商行裡；除去開銷，怕不有三五千塊大洋錢的賺頭。

二

同時劉老大也彎起手指頭算算，他在這條荒原古道上跑的時間，也有二十幾個年頭了。他本來是甘肅安西人，由於父母去世早，從小就變成一個野孩子，個性豪爽豁達，又喜歡使槍弄棒，呼朋喚友，不消幾年光景，就把父母遺下來的幾畝田產，折騰淨光。因而也練了一手好槍法，打什麼香火頭、金錢孔、百步回馬槍，端的百發百中。在他們那個三里五村的地方，名字越來越響亮。就在他二十二歲的那年，時來運轉了，有一位東路來的大客商，帶來幾十個馱子的綢緞、茶磚、女人日用的化妝品，要到塔里木河一帶做生意，怕路上不寧，想找一個人保一趟。劉老大初生之犢不畏虎，自信他那把手槍，可以打遍天下無敵手；也難怪他會眼睛長在頭頂上，是他在那幾年，就憑他那把槍，曾在安西到酒泉到蘭州的路上，闖了幾個來回，還沒人敢對他不客氣。

雖然西邊的路上，他還沒去過，但他在蘭西道上那點名氣，早已經在各地傳開了，所以就大包大攬伸手把那樁生意接過來。那知道他第一次走這條荒漠古道，就栽了一個大跟斗。

那時候有一個出沒南疆一帶的土匪，名喚曹鬍子，霸住這條古道，專劫大隊的客商。劉老大保的那個商隊，進入大漠的第一站，就跟那位曹鬍子碰上了。他不但栽了，並且栽得沒有光彩。因為他仗以吃飯那把傢伙，剛剛拔出來，子彈還沒推上膛，就被對方一槍敲落地上。使偌大一個商隊，連牲口跟幾萬塊錢的貨物，眼睜睜的被曹鬍子那夥人，前呼後擁的押走了。

可恨的是曹鬍子臨走時，還用手槍點著他放過話來：

「就憑你這一點道行，還想跟我亮傢伙，好好回去練上三年，再回來討你們的東西。」

劉老大一句話都沒說，他本領不濟嘛！在眼前這種情況下，不服也得服，所以連哼都沒哼的點點頭。對嘛！三年！「君子報仇，三年不晚」，決心從什麼地方跌倒，就從什麼地方爬起來。為了出這口氣，他離開家鄉整整三年，至於去了什麼地方，沒向任何人透過一絲口風。可是再回到安西時，他腰裡又多了一把短駁殼，一左一右斜插在腰帶上，手上也多了一支二尺多長旱煙袋，更改變了他那種目空一切的毛躁性格，氣度穩得像一座山，據說他在那三年的時光，光練拔槍的手法，就花半年多時光。因為他認為那次栽在曹鬍子的手下，原因雖多，最重要的，是拔槍的手法慢了一步，讓對方佔盡先機，使他只有挨打的分兒。試想兩陣相對峙時，從拔槍，到推子彈上膛，再用食指扣扳機，要是一樣一樣分開來，要花多少時間。那麼耍槍的人，就要掐住一個「快」字訣，搶先百分之一秒，就能先聲奪人，卡住對方的脖梗子，因此他在那半年時間內，便專練一個三合一的動作，也就是說，槍亮到手上的時候，只差扣扳機那一道關口了，把對方壓得動都不敢動。但是那道扳機卻不可輕易扣，子彈不出膛，什麼事情還有一個商量餘地；要是傷了人，或出了人命，就無法善罷了，所以一定得謹慎再謹慎。並且他除了拔槍快之外，其他方面也進步神速，像過去打香火頭，金錢孔，百步回馬槍，準是準，卻得一下一下打，要是連著放，就會手忙腳亂，無法十拿九穩都打到。現在有人把十二個金錢，撒手甩到空中去，只見他雙手一拔槍，一陣鳳點頭，每個金錢孔中，都會穿過一發子彈。還有人說他那支大旱煙袋，也是暗藏玄機，卻沒人看到他在上面要過花樣。

他回家鄉第一件事，便是打探曹鬍子的巢穴，準備單槍匹馬去朝拜，出掉鱉了三年的鳥氣。

打探的結果，曹鬍子的巢穴是在南疆尉犁縣境的孔雀河畔，從安西去一趟，少說也有千里之遙。路上也不好走，除了那班出沒無常的土匪不算，那片荒涼的大漠就有苦頭給他吃了；一旦在那片荒蕪無人跡，水草不生的土地上迷了路，想要活著回來，就得靠運氣了。劉老大仗著藝高人膽大，居然被他胡闖亂闖，闖進孔雀河谷。到了有水的地方，他就不怕了，就不愁會在大漠中，被烈日烘乾餓死。那兒在當地，還算一個富庶的區域，水給那片土地帶來生機，灌溉了莊稼作物，更滋潤了生命。

曹鬍子的寨子沒有多大，不過百十戶人家，三五十支長短槍。當地人不敢稱他「曹鬍子」，由於他寨子上有好幾棵白楊樹，大家就喊他白楊樹「曹大先生」。劉老大進了寨子後，便亮出萬字來，指名要曹鬍子出面答話。

「請問你是那一路英雄？」曹鬍子的手下，自然要攔下來問個清楚，才能往上報。

「你告訴你們大當家的，說有一個當年敗在他手下的劉老大，來解三年前結下的樑子。」可是他把話說過了，到了龍潭虎穴，也不能沒有一點準備。於是收起那支整天不離手的旱煙袋，斜插在背後的皮帶上，讓那個吊在絲帶上的煙荷包，旗幟似的在半空飄。

曹鬍子親自在他家的大門口接待他。三年了，他腦子裡還把這個殺人不眨眼的魔頭，記得清清楚楚，如同他忘不了那個客商，向他求助的痛苦神態，無奈他拿了人家的錢財，竟不能給人家消災，那痛苦也一直壓在他心頭。現在他望著曹鬍子那臉捲毛黑鬍子，從下面倒著往上捲，中間還雜著幾根說紅不紅，說紫不紫的雜毛毛，把個泰山一般的身體，四平八穩站在台階上。兩人一照面，曹鬍子的炯炯眼神便穿到他心裡面似的說：

「你到底來了。」

「曹爺還記得那個沒有道號的劉老大嗎？」

「已經等你整整三年了。」曹鬍子笑著摸摸他的捲毛鬍子：「我知道我當時不該手下留情，留下一個禍根。可是我看你還是一塊料，不忍心下殺手，所以我就知道，你有一天準會找上門來。」

「不來嚥不下那口氣呀！」

「學精了嗎？」

「我也不知道精不精，只是想在你這位大行家面前獻獻醜罷了。要是你看得過去，就賞還三年前那些駄子，我也好向那位客商，做一個交待。」

「東西沒有了。」

「你不是說要我三年以後來拿嗎？」

三

「我不能把那些東西放著等你三年哪！壞了怎麼辦？所以變成錢放在那兒。要是你今天亮出來的招數，能使我心服口服，錢包在我身上，我出票子，你親自到迪化錢莊上拿，三萬塊大頭，分文不少。」曹鬍子說完拍拍胸膛，又發出一陣開朗爽快的大笑。

「我信得過曹爺。」

「在這條大道四周，千兒八百里的地面，我曹鬍子還不算一個無賴，說話一定算話。那就到裡面看看吧，我們早把那個結解開，早好。」曹鬍子說完就當先帶路，向大門內走去，劉老大自然不會臨陣退縮。

他們到了一個大院子裡，顯然是一個練武場，在兩邊的兵器架子上，有普通的刀棒劍戟，也有各類新式長短槍枝。曹鬍子便在當中站住說：

「你覺得這地方如何？」

「我聽從曹爺的吩咐。」

「那我們就開始吧？」

「請曹爺出題目。」

「慢著，遠來的是客，我們有待客的禮。來人哪！拿酒來，還要燙得熱熱的。」

「曹爺要先給我一個下馬威？」劉老大故意不在意的大笑道，拴在煙袋桿上那個煙荷包，也被笑得亂幌。

這時曹家底下的人，已把話傳下去準備酒。劉老大便趁燙酒這當兒，打量一眼院內的光景。在練武場的正面，是一幢五間出廈的大房子，顯然是曹家的客廳，建得確實巍峨夠氣派，配著曹鬍子那個膀大腰圓的氣度，像煞一位土皇帝的金鑾殿。幾棵高聳入雲的白楊樹，雖然沒有一點風，葉子還是嘩嘩啦啦響。那時正是宿鳥歸巢的時分，一大群黑烏鴉，繞著那些白楊樹忽上忽下亂飛亂叫，把劉老大叫得心頭煩煩的。

酒來了，裝在一個大銀酒壺裡，曹鬍子一手拿著酒壺，一手托著一個細瓷酒杯說：

「沒喝以前，我得把話說明白，免得說我欺生。」

「我知道這個酒不是好喝的。」

「你知道就成了。」曹鬍子把酒壺掂了一掂，要倒不倒的打了個哈哈說：「你別看只這麼一壺酒，卻是三萬塊大洋的買賣，不是一個小數字。你要喝了我三杯酒，亮不出一點東西來，就得爬著給我走出大門，以後也別想討那三萬塊大洋了。要是你沒有那個膽，就趁早別起那個念頭，自己走出去，我曹鬍子絕不會為難你。」

「曹爺，你也太看扁姓劉的了，要是我的獻醜看不上你的眼，用不著曹大爺動手，我自己的槍口就對準自己的腦殼子了。」劉老大說著的時候，嘴皮咧出一縷不在乎的笑容，好像對這次較量，是十拿十穩的。事實他在腦子裡，始終在想他會出什麼花樣。

曹鬍子對著酒杯倒酒了，接著遞給他。

第一杯他一仰脖就乾了。

第二杯，又是一個乾。

第三杯曹鬍子倒得漫著邊滿，劉老大知道他要是出花樣，準在這一杯上，便微笑著去接。只見曹鬍子一揚手，那個銀酒壺便驀地飛到半空去，接著就是一陣砰砰砰的響聲。酒壺在空連翻了幾個身，酒花四方八面從壺裡噴出來，灑滿一院子。當酒壺跌到地上，大家一看，上面平添了十二個透明窟窿，原來是劉老大和曹鬍子兩人，同時拔出槍，各對酒壺點了三發子彈。

從壺上的子彈看，兩人是平分秋色。但曹鬍子心頭雪亮，劉老大佔了上風。雖然打酒壺這個笨技巧，對在槍口下討生活的人，太稀鬆平常了，不能成為較量的標準。現在較量的，是一個快勁。因為曹鬍子倒完酒，甩酒壺、拔槍、射擊，都是事先心理上有準備，所以每一個動作，都是順勢去做，自然會恰到好處，不足為奇。劉老大就不然了，他是伸手接酒杯時，才發現曹鬍子甩酒壺，原先根本沒想到他會出這樣一個招數，在時間上就慢了一著。他仍能很快的拔了槍，點了出去，就不得不有一點道號了。那他既然點得那樣快，為什麼不多點一發呢？輸贏立即就可以看明白。是他不能那樣做？那叫做強賓不壓主。而難是難在，他手上那杯滿滿的酒，竟一滴沒有濺出來。

曹鬍子二句話沒說，把手裡的槍順手一扔，兩臂一伸就把劉老大緊緊抱住說：

「青雲，我服了你。」

「曹爺真會出點子，我差一點又栽了。」

「不這麼著，看不出真工夫，要是倒給別人遇到這情況，一定會慌得手忙腳亂，酒也撒了，酒壺也打不到。」曹鬍子鬆開劉老大，手拉手走進客廳。

「值三萬塊大洋嗎？」劉老大仍不敢得意忘形。

「值！」曹鬍子一挑大拇指。

「是你曹爺特別賞識的。」

「自家兄弟，不說見外的話。」曹鬍子跟劉老大面對面的落了座：「衝著你這支大煙袋說一句話，從現在起，這條大道上，只要是你劉老大的生意，沒有人敢攔。誰要動你一根汗毛，就是跟我曹鬍子作對。」

「我也回答你曹爺一句，你以後要用得著劉青雲時，不管水裡火裡，我都不會皺眉頭。」

那天晚上，曹鬍子擺下盛大筵席，宴請這位東路來的英雄，大煙袋也因此出了名。

四

三萬塊大洋討回來了，也算挽回了顏面，要找到原先那個客商把錢還給他，就不容易了。原來那人這趟生意消折了本錢，便死了跑西路賺大錢的雄心，沒多久就東回了。劉老大拿到那筆錢，也曾想到去東路上找他，可是那麼大的一片地面，那樣多的人口，他到大海裡撈針去？何況那時節東路上，正在鬧內亂，今天你打我，明天我打你，攪得處處兵荒馬亂，住在那兒的人們，別想過一天太平日子。再加上東路上人心險詐，景物繁華，像他這種偏鄉僻野出來的人物，在當地是一條龍，到了那種不靠使槍弄棒吃飯的地腳，可能比不上一條蟲。要是還找不到那位客商，錢又被人弄走了，那才丟人現眼哩。

既然曹鬍子拍著胸膛，擔下了天大的保，何不藉著這個本錢，在這條大漠古道上跑幾趟，才不辜負人家那份好意。因為他知道，那天在曹家寨子的考較槍法，只是點到為止，誰也沒測出對方的功夫有多深，曹鬍子所以沒再為難他，原是惺惺相惜的意思。至於那筆錢，只要能找到東路那個客商，他會分毫不少的還給他。

沒想到這一走，一幌眼就是二十幾個年頭。並且從第一次走過那片廣闊灝瀚的荒漠後，他就無法再離開那條可愛的道路了。那乾燥的土地，漫天的風沙，湛藍的天空，美麗的星光，以及親切而清響的駝鈴，都深深融入他的感情，令他那種粗獷性格與那兒的雄壯河山，變成一體。因此他每逢踏上這條道路，就像踏在自己的胸膛上面，聽到從裡面傳出來的聲音，咚咚咚在響。

二十年的跋涉，二十年的風霜雨露，使他有了幾十萬的賺頭。他的道行既然在曹鬍子面前，都沒弱掉一分，這條路上的英雄好漢，對他自然另眼相看。

所以他在這兒跑了那麼多年，都沒出過大差錯，只是遇到阿貓阿狗們，難免要打發打發，好在他們所求不多，不過一杯酒，一碗飯的數量。所以他腰裡插的那兩把短駁殼，從不肯輕易出手。是一個人路跑多了，見識也越廣、越能體驗出「強中更有強中手」的可怕。只有那種出道不到三天的雛兒，見不得大陣仗，才會三句話不過，就要亮傢伙，吃虧的還是他們自己。同時他的大煙袋既然出名了，他就得更借重它了，碰到棘手的事情，他就點上火，銜著那個白玉煙嘴子猛抽幾口，當煙鍋裡冒出縷縷青煙時，腦子裡便會打開那個結。

荒野，偶而也會聽到維族少女的嘹喨歌聲，從遠遠的地方傳來。如果在二十年前，他會立刻跳上馬，去尋求一夕的溫柔。現在他只能猛猛咬一下白玉煙嘴子，吐出一口長長的青煙。而最有興趣的，則是二虎子跟幾個年輕的腳伕，他們會跟著那些維族少女跑個十里八里，去做幾天陌生的客人。他很少管他們，他們都還年輕，有他們年輕人的世界，有他們年輕人的想法。

在那遙長的歲月裡，劉老大的寶貴青春，也隨著年年月月，在那片荒漠中越埋越深。他曾想到過成家，心頭也盪漾過一個美麗女人的影子，只不過來得快，去得也快罷了。在那些歲月裡，他也遇到過數不清的維吾爾姑娘，她們剛健、婀娜、美麗、天真。他跟她們賽馬、跳舞，教她們槍法，聽她們唱曼妙民謠，他也曾帶美麗的飾物去討她們的歡心，然後……然後……然後一切都過去了。

說到二虎子，他出道就晚得多了。他是劉老大一個遠房兄弟，名叫劉金虎，因為排行第二，大家就喊他做「二虎子」，日子久了，也出了名。在這條古道上，人們當著他的面，也會尊他一聲「二爺」。不過當劉老大在古道上揚名立萬的時候，他還在穿沒襠的褲子，臉上拖著兩筒子鼻涕。不過那麼久的商旅生涯，鐵打的漢子也會倦，一心想找一個合適的伴襠給他幫忙。於是二虎子便被劉老大看中，覺得是一塊可造之材，得閒時教教他馬術、槍法、拳擊等招數。那孩子也伶俐，不到兩年的時光，就樣樣在行了，碰到小陣仗兒，也能應付下來。因此到了他二十歲那年春天，劉老大第一次帶他走上這條大漠古道，要他一路跑跑腿，照應照應生意，倒也做得頭頭是道。

但他到底是一個初出茅蘆的毛孩子，在劉老大的翼護下，人家自然處處讓他三分。他便以為這個世界上，除了劉老大，他便成天下第二了。可是在他們商隊過了庫車，他的腦袋差一點就被敲個開花。

那天他們商隊落腳的地點，是一個小村鎮，有百十戶人家，對他們來說，也算是一個重要的中途。所以一到達的時候，二虎子便在一旁幫著劉老大發貨收貨。所謂發貨，就是把他們商隊帶的東西，依照當地商販的需要量，發賣給他們；至於收貨，則是把當地出產的羊毛、皮貨、藥材等，收買起來寄存在客棧裡，以便回程時攜帶。當發收貨物的工作告一段落時，劉老大回上房跟客戶算帳去了。二虎子一時沒有事，便一個人溜到街上看光景。也別看這兒的地方小，在那個荒漠裡，過著逐水草為生的游牧人眼裡，仍是一個大鎮甸。到了晚上，那些收了場的牧人，也會騎著馬到這兒喝杯酒，洗洗白天奔波的風塵。所以唯一的那條大街上，總走著三五成群，腰別短駁殼或盒子砲的維族青年，一路唱著歌，互相調笑著。可是那情形看在二虎子眼裡，就有點俚俗不堪的不順眼，並雜著一股醋味兒。是那班恣意調笑的年輕人中間，還會夾雜著幾個維籍姑娘，而維籍姑娘的剛健婀娜的身材，與天生麗質的臉蛋兒，又是人間一絕。自然會誘得二虎子那般年齡的人，直流口水。

同時他又是第一次隨劉老大出遠門，沒人知道他的底細，那樣一個外來的年輕人，誰會把他看在眼裡，有什麼資格在一旁說風涼話？或斜著眼兒看人。於是他看不慣別人，別人也看不慣他，言語上就刺刺的。偏偏二虎子仗著那點小本領，氣勢未免大些，不知怎樣跟別人嗆上了，竟亮出傢伙來。事情一砸，試想一個剛出道沒幾天的小伙子，怎會在那些整天馳馬打槍的牧人面前討到便宜？也像劉老大第一次走這條大漠古道一般，栽得結結實實；連子彈都沒有推上膛，便被人把吃飯的傢伙撂到地上。

幸虧他的命大，劉老大來快了一步；當有人把槍口指向他腦殼子的時候，劉老大手裡的駁殼搶個先著，把那人的槍口打的一偏，子彈從二虎子耳邊子叫著飛過。一條命是揀回來了，也驚出一身汗。

「諸位。慢點！慢點！手上留情。」劉老大一面大聲叫著，三步兩腳的奔過去：「大家都是自己人！大家都是自己人！千萬多包涵！」

那些人誰不認識劉老大，誰不對他的聲名有一份畏敬，見他出面了，自然慌不迭的收傢伙。劉老大的短駁殼也插回腰裡，大煙袋又到了手上。

「剛剛卸了馱了，沒有拜望各位。」

「你言重了，劉爺。這位……？」對方一位朋友講話了。

「他呀！」劉老大指指二虎子：「我帶來的伴襠，小孩子，沒見過世面，要他出來開開眼界。由於剛才一直在忙著整理貨物，沒空帶他拜見諸位朋友；沒想到他少不更事，惹的諸位動氣了。」

「劉爺那裡的話，你也太謙了。我們是不知道小兄弟是你的伴襠，要知道，誰敢。」
「好。好。不打不相識，以後請各位多照應。」
「衝著你劉爺這句話，以後你這位小兄弟，就是我們的小兄弟，在這塊地面上，由著他闖。」
「我在這裡先謝了。」
「我們交的就是劉爺這種義氣朋友。」
於是劉老大一聲喝：「老二，諸位這樣看待你，還不趕緊過來陪不是。」
二虎子那時候早嚇傻了，他一萬個沒想到，憑他那副好身手，竟會一交手，連還手的餘地都沒有。只有低頭拾起槍，靦腆的走過去向大家彎腰道歉。
那天晚上就由劉老大做東，把附近幾位說話有分量，又能撐住場面的人物，全部邀來，一一給二虎子引見。大家既然知道他是劉老大的伴襠，誰不賣他一分帳？二虎子的名聲也漸漸在大漠古道上響亮起來。

五

劉老大看著商隊的駱駝一匹一匹過去後，才又掉轉馬頭，抖抖轠繩嘩啦啦的向前頭奔去。天色愈來愈暗，暮靄緊緊包在駝隊四周，像一個大罩子，黑漫漫的從天空罩下來，使大漠上的夜，愈顯得沉寂；只有劉老大的煙鍋子裡，現出一點紅光。

二虎子一出道就差點折了翼，也算學了一個乖，懂得「人外有人，天外有天」的道理。不論什麼事情，都是拔槍容易收槍難，一個不小心，就要流血見紅的。所以他在那幾年，比剛出道的時候歷練多了，凡是能忍的，就會讓一步，沒跟任何人結樑子。再加上有劉老大在背後給他撐腰，別人也不會故意跟他過不去。並且他的槍法，仍一直在不間斷的苦練中，可是世界上不管什麼事情，到了一個相當地步，想進一步都難，要能邁過那道尷尬的門檻，就可以升到另一個境界。而那種突破，偏又無巧可取，全靠一步一個腳印往前走。所以他現在的火候，雖然還差劉老大一大截子，如果假以歲月，又能似那般持之以恆的練下去，再過個三年五載，不愁不進步到那個境地。

然而這幾年，大漠上的情況一變再變，先是俄國鬼子在西境上覬覦，得機會就想佔點小便宜。新疆一帶的兵駐多了，又來了個窩裡反，弄得雞犬不寧，疆南疆北的道路上，時常出岔子。他們做生意，和氣生財，碰到來頭大的，自然要打點；打點的多了，利也就薄了。那知道日本人又在東路上進了兵，鬼子做噩夢般，想吞併中國這塊土地，偏又吞不下，卡在喉嚨裡，吐又吐不出，只在那裡飛機大砲的亂轟。於是東路的東西過不來，西路的東西出不去，生意就更難做。同時有許多外鄉人，被戰火逼的，把這塊古樸的地腳，當做一個世外桃源，千里迢迢跑來避難。再加上那年黃河大決口，上百萬的災民無家可歸，政府便向新疆移民。無奈那些携家帶眷到異地謀生的百姓們，混好的沒有幾人；有的把錢花光了，又回不得家鄉，便成年累月過著浪跡天涯的生活，有一頓沒一頓的過日子。於是這條一向淳樸保守的古道上，出現了許多新玩意。像上次他們商隊西去時，二虎子留在車埕子不走，是有緣故的。

六

說起來已經是三個月以前的事了，那天他們到達車埕子，照例要做收貨發貨的工作。只是這兒算是他們旅途中的一個大站，客棧的掌櫃的，對他們要什麼，發什麼，都先有一個底，預先為他們安排好。同時由於二虎子在那幾年也練達的多了，劉老大便把那些事情交給他做，只拎著大煙袋在旁邊照應，跟商販聊聊路上的風光，當地的新聞，誰的馬好，誰的槍法俊，誰家的大姑娘賽似一朵花。同時這個不算大的地方，由於那幾年來往的人多了，也一天比一天熱鬧，吃的玩的東西都有。特別那班無以維生的外鄉人，看準大漠上的人，慷慨、大方、豪爽，出手闊綽，便儘量出一些怪點子，來挖他們口袋裡的錢。所以那天發完貨，收的貨也點清交給客棧保管，掌櫃的早已擺好酒席等著了。大家喝著酒，掌櫃的告訴他們，車埕子新開了一家書院子，裡面有兩個挺俊的小妞兒。

「大哥，我們吃過飯，也去看看。」二虎子喝了幾杯酒，臉皮變得紅紅的。

「沒有什麼好看的，我們明天再忙一天，後天就要上路了。」劉老大二十年來的闖蕩，腰裡的洋錢又足，什麼稀奇古怪的事情沒見過，怎會有興趣跑到這種小地方的書院裡，去看一個土妞兒。

「我還沒見過女人說書呢。」

劉老大禁不住大笑起來，二虎子到底還是一個沒出過遠門的孩子。雖然鼎革了，已經是民國三十年代，他們的家鄉，依然還是那樣古板淳樸，姑娘們的頭上，仍拖著一條大辮子。儘管這幾年，二虎子也跟著他到過許多大地方。無奈他的年齡大了，得空就想歇一歇，就沒心情帶他到那種風花雪月的地方開眼界。

「二爺好玩，就一道去坐一會吧，今晚我做東。」掌櫃的對這種大客商，是極力逢迎的。

「那裡有要你做東的道理，要去，算我的。」

「那我就叫伙計去要他們留好位子。」

「好吧！」

於是三人吃過飯，又閒聊一會兒，便打道向那個名子叫「紅紅書院」走去。劉老大一見那個門面跟派場，就比東路上那些說書唱戲的地方，差得有幾百丈遠。只是三間破爛的矮房子，門口掛了個「紅紅書院」的招牌，裡面的地面上，擺了二十幾張木凳子，已經坐了很多人。劉老大三人進了門，馬上有人迎上來，帶到預先留好的上座上。待大家落了座，劉老大便把他那支旱煙袋點上了，一面跟客棧的掌櫃的磕著瓜子閒聊。

客人上了七成座，只見台子後面那個花布門簾一掀，走出一個妖妖嬈嬈的大姑娘，穿了一身紅，她向台下的客人福了福，唱了一個沒滋沒味開場曲。客棧的掌櫃的便咬著劉老大的耳朵說，這妞叫艷紅，她還有一個妹妹叫小紅，模樣也俊，唱的也好。

艷紅姑娘沒有再唱下去，就回後台了，院裡的跑堂的就雙手托著一個紅漆木盤子，哈腰打躬道：

「小紅姑娘就要出來了，那位大爺先點。」

客棧掌櫃的一招手，就把跑堂的喚到面前，告訴跑堂的，這位劉爺是大漠上的第一號大客商，有上百隻駱駝來回跑生意。其實掌櫃的就是不說這番話，跑堂的雖沒見過這位劉老大，但人的兒名，樹的影兒，他早就聽說過在這條古道上，有這樣一號人物。立刻托著紅漆托盤走到劉老大面前，狗搖尾巴的笑著說：

「劉爺，賞光了。」

「還是掌櫃的先點好了。」

「一定是劉爺先，劉爺賞一次光不容易呀。」

「那就請她揀好聽的唱一個吧。」

「多謝劉爺了。」

「掌櫃的也得點一個呀。」劉老大取下旱煙袋，轉臉看著客棧的掌櫃的。

「我是來陪劉爺的。」

「陪也不能白陪呀。」

「那恭敬不如從命了。」掌櫃的見推辭不過。

「我也跟劉爺一樣，隨便唱一個就好了。」

劉老大見掌櫃的點過了，又對二虎子說：

「你也點一個呀，不要白來了。」

「我點什麼呢？」二虎子望望跑堂的。

「今天是你要來的。」劉老大沒等跑堂的回二虎子的話，就先取笑道：「要有個主見兒，可不能學我跟掌櫃的，也要她隨便唱就好了。」

二虎子雖有點傻眼，卻還沉住氣的對跑堂的說：

「你把戲碼拿給我看看。」

「不都在這裡嗎？」跑堂的一指托盤上的一張紅紙。

「那個是她最拿手的呢？」

「說的全都不錯。」

「我要點她最拿手的。」

「那就是『盤絲洞』了？」

「好吧！只要是她最拿手的就好。」

二虎子點過後，劉老大又把跑堂的招過來，伸手朝口袋一掏，二十塊現大洋，便嘩啦一聲落到紅漆托盤裡。跑堂的一見那情景，腰哈的更低了，連著說了七八聲「謝謝」然後端著托盤笑嘻嘻的跑回後台去，一張大紅謝帖馬上貼出來。那因他們書院座位的訂價，一位不過毛把五分錢，最好的也不過兩毛錢，何曾見過這般大手筆。然後在熱烈的掌聲中，小紅也掀開門簾出來了，瞧年紀，也不過十七八，同樣一身紅。可是她那身短褂長裙的紅打扮，卻紅得嬌、靈、俏、俐；把一個苗條的身段兒，擺得像柳葉一樣。紅白分明的臉蛋上，鑲著一雙烏溜溜的大眼睛，在台上一露面，便怯生生的向劉老大等三人溜過來。

論女人，劉老大可算是見過大世面，花過大洋錢，在他的眼裡，這妞兒在一般說書唱戲的裡面，模樣也算上等了。可是說的東西卻不成，調還算沒離譜，就是味道差遠了。尤其盤絲洞那段，說到唐僧被七個蜘蛛精死纏活纏的，只是閉眼端坐著，雙手合什不停的唸經。可是唸著唸著，什麼經詞兒全忘了，只在那兒一聲接一聲的——

阿彌陀……

阿彌陀……

就是那個『佛』字唸不出來。因為下面那個「佛」，真要成佛了，那情形要是落到老手的嘴巴裡，一定會說到別人心坎裡，毛躁躁、躁躁毛，隨著她的書詞兒，一句一個好，騷得全場都轟動。偏偏她沒有那樣高的本領，剛說到那個節骨眼，自己就先臉紅了。

所以三個曲子一過，劉老大便要回去休息，掌櫃的自然跟著起了身。只是二虎子不想走，他要在那兒聽個夠。要聽就聽吧，年輕人，都是好玩的，劉老大一句別的話都沒說，塞給二虎子幾塊現大洋，就自己先走開。

第二天依然是發貨跟收貨，到了天傍晚，便全部就緒了。可是一吃過晚飯，就不見二虎子的影子了，劉老大連猜都沒猜，就知道準是去了紅紅書院做冤大頭。那知到了第三天，駝隊該啟程西去的時際，小伙子竟說他病了。天下的事，真是蹊蹺的太多了，像二虎子，昨天發貨收貨的時候，還是一個能吃能喝活蹦活跳的人，把事情掌理得好好的。同時再看看他的面皮，黑歸黑，還是亮堂堂的直發光，摸摸他的天靈蓋，也不發燒發燙的，偏他說頭痛得一步都不能走。見到這形景，劉老大自然不是一個糊塗人，一拍腦瓜子，心裡就有數了。這小伙子害的絕不是什麼大病，準是有了心病，敢情迷上紅紅書院那個小紅姑娘了。

也難怪，一個沒出遠門的鄉下毛孩子，見到一個狐狸精，不就當做天仙美女了？馬上迷得暈乎乎的倒三不著兩。那麼硬逼著他上路，他心裡不知道會有多少個不情願，辦起事情自然沒勁兒。罷罷罷！他也不是沒打那種年歲過過，當年為了一個女戲子，連生意都不想做，整天泡在那家戲院裡，把錢花得像流水，最後還是被她一腳踢開了。本來他還想勸勸他，經這麼一想，就覺得何必多此一舉，「官還不差病人哩」，他幹嘛要去揭開那層假？就讓他暫時留在這裡吧，多給他幾個錢，看他能耍出什麼好花樣來？就算被他糟蹋了，也可以讓他多長一點見識。於是他裝做沒事般，拿給他一疊現大洋關懷的說：

「要是真走不動，就在這裡等我回來吧。」

「多謝大哥了。」

「我給你留一百二十塊現大洋在這裡，做為看個病什麼的用項，但也得儉省著花。」

「我用不著那麼多錢。」

「出門的人，錢是膽，該花的地方就得花；就算用不著，放著，說話的氣勢也壯些。」

「這個我知道。」

「千萬不可以跟別人鬧岔子，我也跟客店掌櫃的交待過了，請他照應你，有什麼事情，可以跟他去商量。如果他了斷不了的，也不能魯莽，等我回來再說。」

「你放心！大哥，我不會給你丟人的。」

「那就好。」

七

駝隊進了車埕子，迎賓客棧的掌櫃的，早已站在大門口等候了。劉老大便把照應駝馬貨物的事，交給二虎子去處理，帶著棧裡的伙計們，把駝隊帶到棧房後面的空場子上，把馱子卸下來，該發的貨物集中在一處。就在場子上給牲口上了草料，吩咐伙計們輪班看守。

當二虎子去安排商隊那些事情時，因為他們到得太晚，無法即時發貨或收貨。掌櫃的便把劉老大讓到上房裡，見面的寒暄話講完後，接著拐彎抹角道：

「劉爺，我算著你早該回來了。」

「這趟生意太好，就多耽誤幾天。」

「你知道我可在這兒等急了。」

「有事情嗎？」

「是二爺的事情呢。」掌櫃的喝了口茶，清清喉嚨說：「他太年輕了，又沒有主張，胡里胡塗就迷上紅紅書院那個小紅姑娘了。你留給他那些錢，全部花光還不算，還在我們櫃上挪借了七八十塊呢。你說像他那種花法，他花得起，我們小號也供不起。」

「錢是小事情，我會一總算給你。現在你再說說他跟那個小紅姑娘，是一個什麼形景？」

「花冤枉錢罷了。」

「我知道，我就是要他花錢學乖的。」

「我說，劉爺，你真是大洋賺多了，張開手掌像一個海。」掌櫃的本來拿起茶杯要喝茶，聽到劉老大那樣說，又把杯子放下了：「我說一句不中聽的話，你把二爺這樣縱容下去，就是害了他。俗語說的好：「戲子無情，婊子無義」，這話一點不假。像二爺那樣花下去，就是一個金山，也會被掏光了。前幾天聽說北路上，又來了一個姓趙的，手上也有兩下子，兩人為了小紅那個姑娘，還爭風吃醋呢。只礙著劉爺名氣大，不敢動傢伙罷了。可是這樣下去，難保那一天不會出事情。」

劉老大唔了一聲，又吸了一口煙。

「我說劉爺，你一定不能讓二爺再荒唐下去。要一個出岔了，連你的名聲也帶累了。」

「這個我自有主張。」

二虎子把牲口貨物安排妥當好，伙計們的伙食也都交待過，就回到上房向劉老大回話，一道吃晚飯，在那整整一頓飯的時間，劉老大沒提那方面一句話，直到飯後，他才把二虎子叫到一邊問道：

「老二，你說要我給你做主？這件事情我答應，你先說說小紅姑娘對你怎麼樣？」

「也不怎麼樣啊。可是別人壓我，我就不服。我不是在這裡說氣話呀！大哥。要不是你走的時候交待過我，不准出岔子，我早就跟趙二渾子拚了。」

「何必積那個氣？」

「你知道，大哥，他欺壓我，就是欺壓你。」

「你大哥這把年紀了，欺壓就欺壓吧。你沒見烏鴉把屎拉到我頭上，我抹掉就算了。」

「你不能那樣弱，大哥。人家踏在你頭頂上拉屎，你還不說一句話。所以我忍不下，不是嗎？『人爭一口氣，馬爭一身膘』，要是讓人家把我們踩到腳底下，我劉金虎在這塊地面上，還混個什麼勁？」

「你就算能爭回這口氣，又打算怎麼樣？」

「就看小紅的意思了。」

「你是很喜歡小紅了？」

「那大概要很多錢。」

「錢多錢少是另一回事，主要是人家願不願意？要是人家不願意，你有多少錢都沒有用。我再說一句使你洩氣的話，別跑了幾百里路，眼皮子就那麼短，把小紅那樣一個姑娘家，當做天下第一大美人。告訴你，以後的路還長的很，見的世面也大的多，比小紅那般又標緻，又會說善道的姑娘多的是，就看你的錢能不能花到家。他們真是除了嘴巴外，鼻子眼睛都會說話。好了！我的話就說到這裡了，講多了惹人厭，等我抽完煙，就同你先到紅紅書院去走一趟，看看到底是個什麼形景。」

八

於是兩人也沒驚動客棧的掌櫃的，便直奔紅紅書院內，揀了兩個前排位子坐下。劉老大照例拿出他的大煙袋，慢慢點上煙，一面抽著一面朝書院前後打量。青煙很快在他頭頂繞繚成一層霧，坐在後面的一些人，見他倆進來後，便低聲的指指點點，唧唧咕咕在談論。果然過了沒有多久，又有一個身材高大的漢子，旋風一般從外面捲進來，腰裡插了兩把盒子砲，氣度十分威武，一副有錢大老爺壓人的氣勢。二虎子便用臂肘抵抵劉老大，告訴他那人就是趙二渾子。劉老大卻連眼睛都沒斜，只把那煙袋，抽得青煙冒得更高了。趙二渾子自然也發現他們兩人，在另一個角落坐下了。

當跑堂的端著紅漆托盤出來請人點唱時，趙二渾子連讓也沒讓，便搶先開腔了：

「過來！我出兩塊大洋，叫小紅唱一個『武二爺打虎景陽崗』，唱好了還有賞。」

「別慌！」跑堂的剛要轉身回後台，二虎子大聲把他叫住了：「我出四塊大洋，叫小紅隨便唱一個，我喜歡的曲子她都知道，但要唱頭一個。」

「二爺，趙爺已經先點過了。」

「我的錢扔到地上不響嗎？」二虎子一瞪眼。他平時由於錢財上不如趙二渾子，氣勢也弱。現在見有人在他背後撐腰，說話的嗓門自然響亮的多。

「好的！二爺莫火，就請趙爺等一下好了。」

「難道我的錢是假的？什麼事情都得有個先來後到呀。」趙二渾子在那種情形下，怎會讓步。

「是這樣子的，兩位爺。」跑堂的怕事情鬧僵了，砸了院子，連忙左右的陪笑說：「我們做生意，看的是錢，誰出的錢多，就先侍候誰。」

「有錢就神氣了？那我出八塊！」

「我出十六塊！」

「我出三十二塊！」

到了這個節骨眼，二虎子就有一點躊躇了，他拿眼角斜斜劉老大，見他依然沒事的抽他的大煙袋，就知道他仍在支持他。便跳起來叫道：

「我出五十塊！」

五十塊大洋一個曲子，在那種地腳，不是把人嚇傻眼。於是坐在位上的人，有人跟著拍巴掌起鬨；有人見情況不妙，趕緊溜之大吉。最著急的還是那位跑堂的，見兩人這樣爭持下去，準沒有好結果。

「兩位爺不用爭了。」他慌不迭左右打躬的說：「我叫小紅姑娘出來先唱兩個曲子給二位聽，要好，由兩位爺們看著賞就好了，不必太計較。」

趙二渾子那裡會理跑堂的，一張口：

「我出一百了。」

「我出兩百了。」二虎子站起來：「傳話下去，叫小紅姑娘知道，今晚我包了，不准別人點。」

「是誰的嗓門那麼大？兩百塊大洋就在這裡擺有錢大爺的臭架子，三百了！跑堂的！把他們全給我攆出去，大門也關上，今晚不准做別人的生意。」

「趙爺，我們做生意，不能攆客呀。」

「嫌錢少是不是？」

「我們那裡敢，趙爺。今晚你們能來賞光，就是給小院添光彩，那裡還敢談錢不錢。」

本來數目到了那種地步，二虎子已經有點萎，因為他究竟沒有錢，完全是仗著劉老大這個後台硬，才大話說得越來越離譜。現在仍一個勁的水漲船高的往上抬，叫他怎麼不為難？要再口沒遮攔的往上加，到時候劉老大一個不認賬，豈不令他當場栽跟斗？然而再向他看一眼，他仍沒有阻攔他的意思，就又用壓倒對方的嗓門叫道：

「四百塊！他要聽就聽，不聽就滾。」

「我出這個了。」趙二渾子突然一伸手，把腰裡的盒子砲拔出來，一揚手，一顆子彈便帶著一股嘯聲破空而出。接著一甩手，盒子砲便落到台子上。

九

二虎子也同時拔了槍，可是他的槍卻被劉老大的煙鍋子壓住了，一面仍沒事一般坐在他的位子上，既不看趙二渾子，也不看落在台上那把盒子砲，只是煙鍋子裡，又冒出裊裊青煙來。坐在後排位子上的人，原先只想看熱鬧，恨不得他們鬥得傾家蕩產。現在見砸了書院，槍子無眼，碰上去就倒楣，就沒命的往外湧。

「趙爺！莫火！莫火！高抬貴手，都是小的不好，惹爺們生氣。」跑堂的見動了傢伙，便慌得忙撒手，差一點跑到趙二渾子面前跪下去。

趙二渾子此時那裡有精神理會跑堂的，只在那裡斜瞪著二虎子，二虎子也不甘示弱的瞪著他。書院裡的人走光了，立刻靜下來，只有幾個膽大的人，還站在門外探頭探腦向內望。那樣耗了一陣子，劉老大突然取下嘴上的大煙袋，對跑堂的一揮手說：

「收場了吧，今晚的生意不要再做了，所有損失全部算我的，明天一早到迎賓客棧跟我算。」

「謝謝劉爺了。」跑堂的連忙哈腰說。

趙二渾子在劉老大講話時，一直目不轉睛的望著他。大概也被他那種威武氣度壓住了，不敢再生事，搶前兩步就要去拾落在台上那把盒子砲。

只見到劉老大手裡的旱煙袋的煙鍋子一動，盒子砲在台上跳一下，趙二渾子拾了一個空。他當然不服輸，彎腰又去拾，盒子砲又無端的一跳，他又沒拾到。

趙二渾子的名號渾，人卻不渾，見憑他那副還不算太壞的身手，竟連什麼動靜都沒看出來，硬是拾不起他那把盒子砲，就知道一定有高人在場。便先忍住氣，雙手一抱拳，走江湖拜四方的，繞著圈子躬身說：

「那位高人在這裡，請出面讓我趙某人拜見。」

「這裡那還有什麼高人，只是我剛才用我的大煙袋趕趕蚊子。」劉老大說話了：「你趙爺也不必急，那把盒子砲是你的，終歸是你的。我不知道你現在願不願意聽我一句話，今天的事，到此為止，別再鬥下去。要是你倆有什麼過不去的過節，明天再找一個地方了斷，我叫劉老大，他是我兄弟，他的事我可以做主的。」

趙二渾子一聽到劉老大的大名就愣了，他一點沒想到，面前這個八面威風的人，竟是那位他久仰盛名，又敬又怕的老英雄，連忙一煞臉上桀傲的氣焰說：

「原來是劉大爺在這裡，我趙某真是有眼不識泰山，失敬了，我在北疆就聽過你老的大名呢。」

「多謝抬舉，不過是虛名兒。我說，趙爺，你要是信得過我劉某，今天就別在這裡呆下去，人家小生意，經不起你們鬧，明天我一定設法給你倆一個公平機會。」

「劉爺的話我趙某人還敢不聽嗎？這樣好了，明天上午我們就在村東那棵白楊樹下見面。」

「好吧！就這樣說定了。」

十

事情到了這個地步，總算有了眉目，趙二渾子便拾起他的盒子砲，先走出書院去。劉老大跟二虎子又在那裡停了一會兒，見趙二渾子已經走遠了，不會出岔子。便也要二虎子先回迎賓客棧，他還有點別的事情要辦。等二虎子走開後，他便把跑堂的喊過去，要他把小紅找了來，他有話要問她。

「劉爺，你喚我有什麼吩咐。」小紅顯然被剛才的場面嚇壞了，兩個眼泡子哭得腫腫的，見到劉老大，露出一副楚楚可憐的怯怯模樣兒。

「你別怕，紅姑娘。」劉老大和善的說：「我只問你一句話，你要照實告訴我。」

「劉爺要問什麼話？」

「今天書院差點砸掉了，你是看到的，可見這碗飯不是好吃的，以後的麻煩還多哩。我只想問問你，你對趙爺和二爺，到底喜歡那一個？」

小紅低下頭，半天沒哼聲。

「說呀！不用怕，我會給你做主的。」

「我也不知道。」小紅扭了一下手裡的小手帕。

「兩個人都喜歡了？」

搖搖頭，想說卻沒說出來。

「兩個都不喜歡？」

小紅點頭了。

「那你就不該了。」劉老大一本正經的說：「既然他們兩人你都不喜歡，為什麼要把他們兩人弄得差一點拼起來，出了人命怎麼辦？對你也沒什麼好處。」

「回劉爺的話，你的話自然有道理。可是劉爺要能設身處地的替我們想一下，就會知道我們有多大的難處。幹我們這一行的，是靠有錢大爺捧場吃飯的；他們要來捧，我們能說不領那個情嗎？何況趙爺跟二爺，都是有錢有勢的，我們那一個惹得起。」

劉老大點點頭，又接著問：

「那你們打算怎麼辦？這個地腳你們是混不下去了；不然準出大亂子，後悔都來不及。」

「這個我們知道，可是要走也走不了，不管趙爺或是二爺，他們都不會放過我們的。」

「明天我給他們了斷，他們就不會了。」

「那……」

「還有難處嗎？」

「不瞞劉爺說，你就是叫我們走，我們也不知道到那裡才好，在這裡又沒有家。」小紅說著說著，淚水就汩汩的滾出來，忍了忍又接著說：「你是不知道呀，劉爺，我們都是一群命苦的人。我們的家鄉，原本不是新疆，是東邊的河南。大前年日本鬼子到了那裡，在我們家鄉又搶又奪又燒殺；接著黃河又決了口，淹死了好幾百萬人。我們的房子田地都淹掉，大家窮的快要人吃人。政府便把我們送到新疆開荒，那知到這裡，我爹又死了，錢也花光了，又借了人家的印子錢沒錢還。所以我們姐妹雖然不是做這個的，可是為了還人家的錢，只有出來拋頭露面的混生活。等還了債，再賺點盤纏回河南老家就成了。」

「總共要多少錢？」

「大概兩百塊大洋就夠了。」

「好！這點費用包在我身上。」劉老大被小紅講得心頭戚戚的，對她十分同情。那年黃河決口造成的災難，他是清楚的，那些被政府送到新疆的難民，只能用一字一淚來形容。如今那班居住各地的難民，沒有幾人混好的。現在小紅被他碰上了，便決心幫她一個大忙，只是也希望，能辦得乾淨俐落，便說：「你也答應我一件事。」

「什麼事？」小紅沒想到劉老大會說出那種話，心頭又感激，又擔心他有什麼苛刻的條件。

「你今天回去就把賬目開出來，明天一早就到迎賓客棧來找我，除了你說的兩百塊大洋外，我再多送你們五十塊。只是你們辦完了事情，馬上就離開這裡。」

「他們會讓我們走嘛？」

「有我在，他們不敢為難你。」

「謝謝劉爺的恩典。」

十一

大漠上的早晨，帶著一股輕寒的清爽，使那片廣袤的大地在蒼茫的曉色中，更顯得無邊無垠。太陽從地平線上緩緩升起來，一派金色光華把景色照得瑰麗而莊嚴。

兩匹快駒迎著朝陽，飛馳著奔向白楊樹。這時天色是藍的，浮著片片白色雲朵，牧人們正把牛羊驅向山崗，古道上也傳來陣陣的駝鈴聲。劉老大和二虎子兩騎，出了車埕子東頭，便老遠看見那顆白楊樹了。只見它那高大樹身，透著晨曦，益發顯得巍峨挺立；那身嘩啦嘩啦的葉子，總是給千里迢迢的旅人，一種親切的慰藉。

兩人勒住馬，見趙二渾子已經先到了，腰裡仍插著兩把盒子砲。劉老大對他揚揚手裡的大煙袋，算是打了個招呼，二虎子卻面帶敵意跟他對立著。

趙二渾子開門見山的說：

「劉爺，你怎麼替我們了斷呢？」

「現在還不忙，要等一個人。」

「誰？」趙二渾子迫不及待的問。

「等會自然就知道。」

「我是很敬重劉爺的，只是不能偏心哪。」

「在這個地腳上，承朋友們把我的話看得像金子一般重；我要是偏心，還怎麼混下去？」

「我信你劉爺的話。」

「那我也問二位一句，你倆都喜歡小紅是不是？」

趙二渾子笑起來，搶先回答道：「劉爺還用問嗎，不然我們有什麼好爭的。」

「老二呢？」劉老大又問二虎子。

「要不，我也不會跟趙爺拔槍了。」

「好的，你們都喜歡她。可是我再問你們一句，你們知不知道小紅喜歡你們誰？要知道女人只有一顆心，她不能把那顆心割開分給兩個人。」

「這個……」趙二渾子說不下去了。但看了看劉老大又說：「那要問小紅姑娘了。」

「老二想必知道了？」

「我也不知道，我想她會喜歡我。」二虎子說著挺挺腰，展示一下他那副強壯體格。

「也不是我在這裡說你們兩人，連小紅喜不喜歡你們都不知道，還爭個什麼勁？要拚出個三長兩短來，多划不來。好了！不說這個了，你們既然已經爭了，我又攬了這個岔，替你們了斷，就不能不公公正正給你們評評理。打個譬喻吧！老二，要是小紅喜歡的是趙爺，你打算怎麼辦？還要為一個不喜歡你的女人拚命嗎？」

「我先前還是那樣想，我要是得不到她，趙爺也別想得到她，現在不會了。只是我在她身上花那麼多錢，那口氣彆在肚子裡，總是不舒服。」

「好吧！我回頭就讓你出一口氣。」劉老大跟二虎子說過後，又轉身問趙二渾子：「趙爺，你的意思呢？要是小紅不喜歡你，喜歡我們老二，你怎麼辦？」

「我想小紅不會不喜歡我，我在她身上花了那麼多的錢，不會買不到她的一點感情。並且她也知道，我在迪化、哈密那些地方，都有大生意。而他們家裡現在正急著要錢用，只有我會幫她的忙。」

「但願小紅能像你說的，我問你的，只是她萬一不喜歡你，你怎麼辦？你知道，趙爺，女人的心不是用金錢就能買到的。我告訴你一件事，我過去也喜歡過一個女人，花在她身上的錢，可以堆成個小金山，差一點把天上的月亮都買來送給她，還是沒抓住她的心。所以我現在對女人一點興致都沒有，她太傷我的心。」

「那劉爺說呢？」

「我覺得你也應該認了。」

「難道我就能嚥下那口氣嗎？」

「也把那口氣出在我身上吧，誰要我把這個燙手的山芋，攬到手上呢。不過你倆也別急，那人還沒來，誰也不知道她會喜歡誰。可是我也要說一句你不要生氣的話，趙爺，我們都是跑過不少碼頭，見過大世面的人哪，說出來的話，都是噹噹響，不能夠反悔的。」

「我要是不肯信你劉爺的，還會聽你的了斷嗎？」

「小紅，你出來。」劉老大見趙二渾子把話說得斬釘截鐵般，便對著大白楊樹後那帶草叢一聲喊。

隨著劉老大的聲音，小紅便從一堆草叢後，探身站起來，身旁還跟著紅紅書院那個跑堂的。趙二渾子跟二虎子兩人，一萬個也沒想到，小紅會在這裡出現，一時全都瞪大眼睛，看她會耍什麼花樣。

小紅走到劉老大身邊站住了，劉老大便問她：

「剛才趙爺跟二爺說的話，你全部聽到吧？你可以把你心裡的話，當面告訴他們。」

小紅望望劉老大，欲言又止的。

「你只管放心說你的吧，不會有事的。這兩位爺都是男子漢大丈夫，講話一定算話的。」

「對不起兩位爺了。」小紅怯生生的向趙二渾子跟二虎子彎腰福了福：「感謝兩位爺，這些日子給我捧場。可是我小女子沒福氣，不能一輩子侍候兩位爺。昨天蒙劉爺答應給我們還賬，又送我們回家的盤纏，我們這就要回家了，可是我會一輩子感謝你們大恩大德的。」

小紅說過那段話，劉老大只是笑了笑，兩個人卻呆得像木雞。兩人誰也沒想到，誰也沒抓住這女人的心。一時兩人互相看了看，又很快的避開了，只在臉上浮起一層慚愧的尷尬。因為他們已經沒什麼好說了。

劉老大又一揮手對小紅說：

「你走吧！小紅，這裡沒有你的事了。你回去把昨晚開出來的賬單，交給迎賓客棧的掌櫃的，他自然就會幫你們清。我開的票子也在他那裡，你拿到以後就啟程吧，從這裡到蘭州的路上，你只要提到我劉老大，就沒人敢為難你，過了蘭州就得自己留意了。」

「謝謝三位爺。」

十二

小紅走了，趙二渾子和二虎子又互相看看。

「你們還有話說嗎？」劉老大看了兩人一眼。

「現在還有什麼好說的。」趙二渾子洩氣的嘆口氣：「沒想到我們花了那麼多錢，卻做了個大傻瓜。」

「還要不要出口氣了？」

「傻瓜都做了，還有什麼氣好出？」

「不過我答應過讓你們出氣了，說話就得算話。可是我知道，你們也不好意思把氣出在我頭上。這樣吧，我這桿大煙袋，隨我也有二十多年了，跟我的性命差不多，你們就出在它身上吧。如果你們的道行高，能把它折了，我也會高興的。」劉老大把話說完後，把銜在嘴角的大煙袋，拿在手上掂量惦量。

「大哥，你不能折了你的大煙袋。」二虎子一聽著急的說：「我們沒什麼氣好出的。」

「你不要再說了，我劉老大說出來的話，是不會再收回來的。可是你們也別把這件事情看得那般容易，你們不是都說我這支大煙袋上，藏有什麼祕密嗎？現在就看你們有沒有本領，把它的祕密揭開了。」

「大哥！」

「別再說了，趕快準備好。」

趙二渾子跟二虎子見劉老大這樣說，飛快把手握在腰裡的槍柄上，眼睛瞪得似碗大。他們原以為，劉老大一定會在那支大煙袋上耍什麼花招，那知他只把那支大煙袋，隨手往空中一扔，打個轉身就向下落下來。突然砰砰的響了兩聲，大煙袋掉下來，恰恰分成三截。

趙二渾子跟二虎子搶著去把折了的大煙袋拾起來，斷截的煙桿子上，還流出半截黑烏烏的煙油子。

「真對不起你老人家，劉爺，把你的大煙袋都折了，我會再送你一桿更好的。」趙二渾子感動的說。

「還說那些做什麼，趙爺。我那支大煙袋，不是花錢就能買到的。承你看得起我，還給我留個老面子，一支旱煙袋值幾文錢。老二，你還呆在那裡幹什麼，還不過來跟趙爺見個禮，請趙爺多包涵。」

「劉爺！劉爺！你還趙爺趙爺的叫我做什麼？不是打我的耳光子嗎？我倒要請你包涵我的不懂事，勞動你的大駕替我們操心，怎麼不感到慚愧。」

「好好好！大家都是好兄弟。」

一派陽光照在白楊樹葉子上，在它嘩啦嘩啦響聲中，也閃鑠起一片碎碎綽綽的閃光。

駝隊在蒼茫的暮色中，緩緩的前進著。那是由於上午為了解開二虎子跟趙二渾子結的那個樑子，耽擱了幾個鐘頭，到現在還沒趕上宿頭。劉老大仍走在駝隊的最前頭，嘴上依舊銜著一支大煙袋，白玉煙嘴子和青銅煙鍋子雖沒有變，煙袋桿卻是新換的。但不論粗細、色澤、長短，都不及過去那桿有氣派，使他抽在嘴裡有點不起勁。

一陣晚風順著古道吹過來，揚起一陣沙塵，二虎子突然催馬趕上來，到了劉老大身旁說：

「大哥！」

「什麼？」劉老大回頭一看。

「我越想越對不起你。」

「自家兄弟，說那些做什麼。」劉老大說著，又上下打量二虎子一眼：「你來日方長哩，所以我下一次，就不來了，由你帶著他們走。」

「為什麼呢？」

「我在這條路上跑了已經二十多年，人也老了，大煙袋也折了，不想再跑了。」

「都是我不好，連累大哥。」

「你也不要怨自己，年輕人就是年輕人，年輕人要是不能在漂亮女人身上賭口氣，就跟老人沒有兩樣了，雄心自然也滅了。人要沒有雄心，還有什麼好闖的？所以我的大煙袋折了，也是應該的。」

「大哥！我會把你的話牢牢記住的。」

「那就好，這條路以後就是你的天下了。」劉老大伸手在二虎子肩頭拍了拍，再猛抽一口煙，從煙鍋子裡冒出來的青煙，便越升越高了。

本文一九八五年九月十一日開始連載於【臺灣新聞報】。

芝蔴開門

一

「注意！歷史性的時刻，馬上就要到了。現在停止工作，聽我唸這封信給你們聽。」

一個星期六的中午，李秀婉跟李秀雄姐弟，在做完各自的功課後，分別坐到兩部拉鏈拴加工機前，開始卡嚓卡嚓壓製拉鏈拴。這是一種簡單的廠外代工的工作，只要把拉鏈拴片往拉鏈扣的鎖孔裡一放，再用機器一壓，就完成一個。因此工資雖然十分低廉，壓製一斤成品不過幾塊錢；如果能勤快一點，一部機器，每個月還是有三兩千塊錢的收入。可是他倆坐到機器上還不到五分鐘，便見大姐秀娟，手拿著一張信箋往客廳中央一站，像中愛國獎券第一特獎般，興奮的叫了起來。

「大姐！你不要唸了，我一看就知道了，是爸爸的信。」秀雄打機器上一抬頭，就從夾在秀娟中指與無名指間那個信封上，認出來是父親的筆跡。

「爸爸信上說什麼？大姐。」秀婉也轉過頭來。

「爸爸馬上就要回來了。」秀娟答道。

「真的？」傻小子一聽，就驚喜的瞪大眼睛說：「什麼時候回來？把信給我看看。」

「我唸給你們聽。」

「不要！我要自己看。」傻小子說著衝到他大姐的面前，伸手就把她手裡的信奪走。

「我們倆一起看。」秀婉也連忙湊過去。

只是傻小子朝信上一打眼，就又叫起來：

「大姐！你說什麼鬼話呀？我還以為爸爸真的馬上就要回來了。可是爸爸在信上說，要到下個星期三，才能辦好出獄的手續，還有四五天哩。」

「下個星期三，不是馬上就到了？」

「我恨不得爸爸現在就回來呢，我好想爸爸呀！他要是現在就在家裡，多好！」傻小子又一聲叫。

「你光急有什麼用？」秀娟笑道：「要照我們想他的樣子，早在十年前，就希望他出來了，人家不放他呀。」

「我們現在就去接他回來。」傻小子又雀躍著叫道：「他們既然已經決定放他出來，就早一天放他出來，有什麼關係呢？多關他一天，還要多給他一天飯吃。我們多向他們講幾句好話，他們說不定就會答應。」

「你安靜一點吧。」秀婉冷冷的說：「那裡有人像你似的，一高興了，就亂蹦亂跳。你以為光你急？別人就不急？只是別人不像你想的那樣天真罷了。公家的事，都是公事公辦。你去求他們，還不是碰釘子？還不如老老實實等到那一天，再去接他，什麼人也不用求。」

「是呀！阿婉說的對，光急也沒有用。」秀娟向老二老三看了一眼說。對這兩個妹妹弟弟的性格，她是十分清楚，由於秀婉年齡較秀雄大幾歲，感覺敏銳，深識世態炎涼的滋味。性子就有點冷、靜得很，極不易激起很大的衝動。又能把事情看得透徹，能不求人，絕不求人。至於傻小子，由於是老么，年紀又小，自然「不識愁滋味」；什麼事情都不細加思考，想到那裡，就是那裡。

「誰說急也沒有用，我就說有用，不信我們就去接接他試試看？」傻小子不服的叫道。

李秀娟被傻小子那股傻勁弄笑了，又接著說：

「我看我們一家人，今天被這個消息都弄得神經兮兮；連媽媽剛才看到信的時候，都忍不住哭起來。可是我記得，從爸爸坐牢那天起，我們也是老在盼他早早出來。盼到現在，十幾年了，都沒像今天這樣著急過。甚至有時候工作太忙，還會忘了他似的，一兩個月都不去監獄看他一次，也不覺得怎樣。」

「坐牢！坐牢！又是坐牢！，你們不能不說嗎？」這回吼的不是傻小子，而是秀婉那小妮子。

「我說坐牢有什麼關係？爸爸坐牢是事實呀！」老大被老二吼得產生錯覺；待回過神來也大聲的說。

「你覺得爸爸坐牢，還挺光榮是不是？」

「我沒那樣說呀，我想那一個做兒女的，都不會覺得他們爸爸坐牢，是光榮的事情。」秀娟究竟大幾歲，不願跟妹妹硬碰硬的頂。所以語鋒雖不比秀婉弱多少，在神態上，卻不似對方又刺又尖。

「那你為什麼一口一個坐牢？沒有說完的時候。」

「怎麼好好的？又吵起來了？」一個女人的瘖啞聲音從門外傳進來，接著人也到了門口，自然是這個家庭的女主人了。她是一個年約五十多歲，身體瘦瘦的，頭髮也缺乏黑亮光澤的中年婦人。臉色由於憂傷過度跟憔悴的緣故，不僅臉皮鬆弛得皺紋重疊，且泛著一抹虛黃的蒼白。致使嘴唇發黑，眼圈發烏，鼻尖上凝著一滴膩膩的油光。

秀婉見母親走進門來，便不再講話，賭氣的猛然一轉身，又坐到拉鏈拴壓製機前，卡嚓卡嚓工作起來。

二

這就是秀婉的個性，她對自己分內的工作，不論是學校的功課，或是家庭的職責，一直都會努力做好。像此刻她做的這種壓製拉鏈拴的廠外代工，既然是母親找來的一條增加家庭收入的路子，她就用不著母親吩咐，便視為自己的工作，每天把功課做完後，就自動坐到機器前，卡嚓卡嚓的壓個不停。一直壓到她那個自己規定的數字，才肯罷休。在她那段工作的時間內，除非有人找她講話，她必須回答外，自己絕不說一句話。偶爾發現自己喜歡的電視節目，會停下來看幾分鐘；或因倒水與到洗手間，必須起身外，大部分的時間，都是坐在機器前不停的工作。更不會因為工作辛苦或代價太低，而發一句怨言。

而她所以會有這種苦心孤詣辛苦工作的心態，又毫無怨言，目的是全心全力的力爭上游，幫助家庭能夠體體面面生活在鄰居與親友的面前，不感到任何愧怍。因為父親的坐牢，帶給家庭的不光彩和貧困，給這個天性敏感的小女孩，打擊太大；使她在別人面前抬不起頭來。尤其同學之間，更覺汗顏，千方百計避免在別人面前，談論家庭和雙親的一切。無奈一群鳥兒湊到一起，唧唧喳喳的，張說她父親如何如何能幹，李說她父親如何如何清廉，王說她父親如何如何和善。表面看來，那些話雖是小妮子們閒得無聊，拿父母磨牙；實際卻在比較似的，各自誇耀她們有一個父慈母賢的好家庭。在人多嘴雜的情形下，不是避免談論，就可以耳根清淨。所以碰到這種情況，她只有遠遠的躲到一邊，裝著無事一般。

並且為了維護自尊，她變得像古代的劍龍，聳起脊樑的劍骨，向那群疑似在她背後指指點點或風言風語的多事者，作強力的反擊。只是那種反擊，不是用背上的劍，刺向別人。

而是在學校中，事事爭強好勝，把她的功課和品行，都躋向優秀的巔峰。然後高高的向下傲視，讓那班自以為了不起的同學，看看李秀婉是何等模樣，是不是高出她們多多；她們還有什麼好誇張的？這也是她從一個活潑天真的小女孩兒，逐漸變得冷漠、僻靜、通達；只知拚命的用功讀書，拚命的工作，不顧其他方面的基本原因。

「是大姐跟二姐吵架，媽媽。」傻小子見母親到了客廳裡面，便自己撇清的告狀。

「嗨！」做母親的看了三個子女一眼，沒對她們姐妹的糾紛作任何了解，只有一滴眼淚隨著嘆聲流了下來。

卡嚓！卡嚓！拉鏈拴壓製機響得更快了；李秀婉見狀，不再跟弟弟鬥嘴。她對家庭的責任，是她不能讓這部拉鍊拴壓製機閒著。只是另一部機器，卻寂寞的冷在那兒。是傻小子此時已經興奮得無心工作，想著父親回來帶給他的快樂，心頭一直響著！

爸爸回來了！

爸爸回來了！

三

「媽媽，你不要再哭了，爸爸回來了，你應該高興才是啊，怎麼還哭呢？」李秀娟見母親坐到靠窗的一張沙發上，又無端的哭起來，連忙過去勸慰。

她不勸猶好，這一勸，又觸動母親的傷心，哭得更兇了。這一來秀娟更慌了手腳，急急連聲的叫道：

「媽媽！媽媽！你別哭嘛！聽我說嘛！哎呀！你到底為什麼哭嘛？我們這十幾年，日子那樣苦，你又那樣累，你都沒有哭過一次。現在生活好多了，爸爸又馬上回來了，你還有什麼好哭的？」

有什麼好哭？李太太自己也不知道為什麼。起初她聽到兩個女兒在為父親坐牢爭吵，心裡就感到難過。待進入客廳後，如果兩人仍繼續吵下去，她也許為了排解她倆的紛爭，會把剛才那股突來的感傷忘掉。偏偏她倆一見她進來，馬上偃旗息鼓停止戰火，各做各的事去了。

只有傻小子，高興得像一隻長腿蟋蟀，兩腳踢躂著，口裡唱著：「爸爸回來了！爸爸回來了！」從客廳一直踢躂到門外；猶一陣高似一陣，在那兒又跳又唱。

她望著傻小子發了一會呆，是呀！難怪這個啥事不懂，只知吃喝玩樂的小蘿蔔頭，會樂到這樣子？在她接到這封信時，還不是高興得，像突然從身上卸下一副千斤重擔般的愉快輕鬆。一時覺得眼前的世界，天空也亮了，山林也美了，人們都對她流露著笑顏。那知想著想著，不曉得怎麼來的一陣心酸，使她一屁股坐在沙發上，就抽抽搭搭哭了起來。並由於那陣心酸越湧越快，口鼻使用的順序亂了規律；該用鼻子的時候用了嘴，該用嘴的時候用了鼻子，聲音就呼嚕呼嚕的。有許多大小氣泡兒，在兩唇間鼓動飛舞。

秀娟見勸慰不止母親的哭，掉頭對妹妹說：

「阿婉，你停一下再壓吧，讓媽媽靜一靜。」

秀婉走出去了，秀雄不知踢躂到天邊外國去了，家裡就靜下來。兩只大開著閘門的水庫，便漸漸關上了。李太太這時也漸漸體會出，那股突來悲傷的原因：是由於她剛才想的時候，憶及十年來辛勞困苦的情形，就有一股像千古積聚而成的疲累，從身上泛了起來，才忍不住掉下淚來；那樣一來，心中所感受的悲哀，就不完全是疲累所給予她的了。因她這些年來，固然累得差一點腰斷臂折，但她有信心相信自己，不論壓力多大，她都會咬緊牙關聳起肩膀硬撐下去，讓這個家庭與三個子女，走上平坦的道路。

緣那不僅是她這個做母親的責任，更是她在愧悔與自疚的心理下，努力對家庭和子女做的一種贖罪行為。由於她那種愧悔、自疚、焦慮、委曲，在哭著的時候一齊傾洩出來，便不是她一時能控制得住的。

「媽媽！媽媽！」秀娟用手在母親肩上輕輕拍著。這個乖巧的女孩子知道那時候，用什麼好的言語安慰母親，都沒有用處。只有這種親情的呼喚，才最為真切，能直達母親心靈深處，平息她心靈上的傷痛。

「你真好，秀娟。」李太太終於止住淚。

「媽媽，你剛才怎麼會激動成這樣子？」秀娟本來站在母親背後，把手搭在她的肩上。現在聽母親那樣說，便把放在母親肩上那隻手，改成環抱狀，順勢在母親身邊沙發的扶手上坐下。可是那隻扶手被秀娟壓得嘎嚓一聲斷了，秀娟也差一點兒，跌了個四腳朝天。

「跌著了沒有？」母親連忙伸手去拉她。

「沒有。」秀娟一躍而起。

「嗨！這套沙發真是老得骨頭都酥了。」母親把女兒拉過去，抱在懷裡笑道。

「我們也在爸爸回來以前，換一套新沙發吧。」

「好哇。」李太太欣然的答應道：「說起來這套沙發的年紀，真夠老了，它比你的年齡還大呢。是爸爸跟媽媽結婚時候買的。要是湊合著用，還可以用幾年，所以一直捨不得丟。現在為了迎接你爸爸，只有換掉了。」

「其實這套沙發，快變成老古董了。」

「可是在爸爸媽媽結婚的時候，能買這樣一套塑膠皮做的沙發，是很時髦的；一般人還買不起呢。誰知社會繁榮得這樣快，這種當年風光的沙發，變得沒人要了。」

「媽媽，你跟爸爸是怎麼相愛的。」

「還不是你看我，我看你，看對眼了。」李太太禁不住笑了。接著拉起女兒的手輕輕拍著說：「那知好好的一個家庭，卻出了這種事情。只是這些年來，都虧你幫媽媽的忙，才使我們熬過這段苦日子。」

四

秀娟被母親那慈愛的一拍，原該感到高興才是，沒料反被母親講得面色戚戚的。他們過去那段日子，是夠苦了。對於那種不堪回首的苦，更是想到了就感到悲哀，卻又要無可奈何的忍受。

那因這個少女，現在雖已二九年華，出落得亭亭玉立，但在她父親出事那年，不過是一個七八歲的小女孩，只能善體母心，幫她分勞分憂，成為母親的一個得力助手，使他們一家人，得以度過那段艱苦的日子。所以她的童年，可說絲毫沒有彩麗的光澤。且由於貧困給他們的壓力太大，促使她太早成熟，才十幾歲的光景，就小大人似的，把家管得滴水不漏。因而她們母女兩人的心，也最易溝通，只要握握手，互相看一眼，就會把許多辛勞和憂慮，化為無形。而她對那種苦日子，儘管沒有怨懟；只是她究竟不是一個自出襁褓，就在坎坷荊棘中行走的人；即使後來步上平坦康莊大道，對當初那種一步一腳泥濘的辛酸，自然不會過分敏感。可是她在六七歲以前，原本是一個無憂無慮的小女孩，天天捧著有魚有肉的飯，吃得好好的。怎奈那個飯碗，突然掉到地上跌碎了；不但從此沒過一天那樣不愁吃穿的日子。且為了讓妹妹弟弟能吃飽穿暖，要幫助母親起早盼晚的賺錢。兩種情形前後一比，難免會心有悲戚，產生一種美夢破碎的感覺。

她不願讓那種戚然的情緒影響母親，使她剛剛放晴的心，又被愁雲密霧掩住，就裝做無所謂的說：

「還講那些做什麼，只要爸爸回來就好了。」

「可是我心裡，總是對你們有一股虧欠似的。」

「真的不要講那些了，媽媽，事情都快過去，還想它做什麼，你不是說要換沙發嗎？晚上我們就到街上看看，早早訂一套。另外你也該有一套新衣服了，你不過才四十多一點，別人都說你五六十歲了。你要能好好打扮打扮，還是很年輕，很漂亮的。」李秀娟見母親還想不開，便感動的把手從母親手裡抽出來，再用力把母親的手握住。

「好吧！吃過晚飯我們就到街上看沙發，連阿婉阿雄在內，每人買一件新衣服。」

「好好哇！媽媽，爸爸回來那天，家裡就可以有一套新沙發了。」秀娟高興得跳了起來，接著又一轉語氣說：「對了！也應該把家裡打掃粉刷一下，也不用請別人幫我們刷，我們自己刷就好了。那到了星期三，我們都穿新衣服去接爸爸，家裡也是新的，使爸爸出獄以後，看到的都是新的。他一定會很高興，以後的運氣就好了。」

「沒有幾天的時間，我們又那樣忙。我看只要打掃整理一下就好了，不必粉刷。」

「一定要粉刷，媽媽，那才好看。」

「那很累呵，你不怕累嗎？」

「我們不怕累！」這句話不是秀娟回答的，她還沒來得及回答，就被別人搶個先著。是秀婉在停止工作後，在屋裡打個轉，又回到機器前聽母親跟大姐講話。只是她的性情，現在已經靜僻到，不是她應該表示意見的時候，絕不開口。所以李太太跟秀娟在那裡講了大半天，旁邊卻靜得像沒有一個人似的。現在她覺得可以表示意見了，便開口了。

「阿婉！你也過來。」做母親的對老二說。

「有什麼事情？」

「讓媽媽抱抱你。」

當秀婉走到母親跟前的時候，李太太就猛一伸手，把兩個女兒全部抱進懷裡。本已止住的淚水，又簌簌落下來。她騰出一隻手來抹抹臉，怎奈她剛才哭得一把鼻涕一把淚，凝在臉上還沒有全乾。現在被淚水一沖，就融在一起了，再用手一抹，就變成一個大花臉。她也不管自己變成一副什麼模樣，只更用力抱緊兩人說：

「孩子！媽媽對不起你們，使你們苦了這麼多年。等你爸爸出來以後，媽媽一定設法給你們補償。」

五

李太太真是那樣對不起孩子嗎？當然，她的那般愧悔與自疚，不是無因的。

可是，她也是為他們好啊。

她記得很清楚，那是一個悶熱的夏夜，到了快十一點鐘的時分，李煥庭仍沒有歸來。她把三個孩子，一一在床上安置好，就又回到客廳坐下等。然而不知是天氣太熱，還是由於先生最近老是遲歸，使她的情緒一直煩躁不安。他們結婚已經九年了，在這長的時間內，日子始終過得十分平靜。且他們在婚前，本來只計畫生兩個孩子就夠了。偏偏前兩個孩子，都是女的，兩口子的心理上，難免有一份缺憾，便考慮要不要再生一個。因為中國人講的家庭圓滿，是要有兒有女，一樣不缺。有了兒子，娶個好媳婦，就等於有了美好的田地，只要兒子辛勤的播種，就能傳宗接代，讓家業綿綿不絕的得傳承下去。有了女兒，嫁一個好女婿，再生兒育女的往下傳，美好的家風便會越傳越廣，越來越興旺，不像只重視傳宗接代，那樣小鼻子小眼睛。但李煥庭是一個小公務員，待遇菲薄，怕孩子生多了，負擔不起。更重要的是，如果再生，仍是一個女兒，可能使心理上那份缺憾，更加深幾分。因此蹉跎了好幾年，仍未袪除那份遺憾，兩人才冒險一試，果然一舉得男，家庭也就更為美滿。她也整天為這個家庭快樂的忙碌，毫無一句怨言。

現在她雖仍無怨言，腦子裡卻一再的打問號。

他怎麼會老是遲歸呢？

他的工作就那樣忙？

他會有那樣多的應酬？

一個小公務員，有什麼好應酬的？

難道他在外面有不規矩的行為？

應該不會呀！她對他絕對信得過。她當初所以捨棄無數追求者，而選擇他，就是看上他的為人，本分老實，不奸不詐。她這一選擇，果然沒錯，從結婚那一天起，他就是一個負責盡職的標準丈夫。後來孩子生下來，她為了這個家，也辭去那份還不算太壞的會計職位，呆在家裡專心做一個看窩的老母雞。

起初她對落得這樣的下場，自然有點不甘心。拚死拚活讀了十幾年書，也學有專長，到頭來還脫不了洗衣服做飯的命運。可是再想想，也就心安理得了，就現代價值觀的認定，夫妻間價值的比重，不能因賺錢或管家的工作性質不同，而有所差異。只要她能把家管好，把子女教養好，使家庭成為一個溫暖的窩；所產生的價值效果，就跟她先生完全相等。因此她為了這個家的興衰與前途，可說煞費心機的開源節流，用搭會等方式，把錢一點一滴存起來；期望在不久的將來，有一幢自己的房子；正在學鋼琴的大女兒，也能有自己的鋼琴。其他她就沒有什麼奢望了，她不是個野心很大的女人，只要先生能步步高陞，兒女能受好的教育，她就滿足了。

突然她聽到有人喊道：

「美惠，開門。」

「來了！」她連忙答應著站起來，她自然聽得出是煥庭回來了。可是一開門，他迎面就塞進來一個圓滾弄冬的大東西，嚇得她不由己的退了一步。等看清楚那是一個大西瓜時，又尖叫著啐道：

「你發神經了！買那樣一個大西瓜回來，一時又吃不完，冰箱裡又放不下，不是糟塌了。」

「人家送的，我有什麼法子。」

「誰送的？」她順口問。

「我到屋裡再告訴你。」煥庭臉上漾著一股興奮，又透著一份神祕，把西瓜用一隻手抱住，用另一隻手抓著她的手，急急向屋內走去。

可是進入客廳，煥庭仍沒有馬上告訴美惠，西瓜是那裡來的。就自己把西瓜抱進廚房裡，拿起菜刀切成兩半，再又嘎嚓嘎嚓切下兩片來。然後拿到客廳分給她一片，才坐到沙發上，一面吃著一面說：

「美蕙，我現在才曉得，西瓜也有許多不同品種。像我們現在吃的這種，又甜又脆，吃起來好極了；可是有一種吃起來綿綿軟軟的，比這種差多了。」

「這就是你這些日子學到的嗎？」美惠的話中有一種冷漠的意味：「我卻覺得所有的西瓜，都是一樣的味道，所以我都是買最便宜的。」

「不！美惠，絕對不同。」煥庭並未察覺美惠的不高興，只低著頭一面吐著西瓜子說。

「好吧！你說不同就不同，我也不跟你爭。只是我有兩句話想問你，煥庭。不知道該不該說？」

「該說！該說！我們是夫婦，有什麼話不能講。」

「我是想問你，你這一陣子真那麼忙嗎？怎麼老是回來那樣晚？要是真的忙？又是忙的什麼？」

「你問得好，美惠，我今晚就要跟你談這個問題。」煥庭把已經啃得沒瓤的西瓜皮又啃了兩口，才往茶几上一扔，接過美惠給他拿來的毛巾，先揩了一下臉，接著打開衣領，連脖子帶胸口都揩了一遍。並把毛巾拿在手裡搧動著說：「哇！這個天氣真熱，吃塊西瓜都一身汗，連這個電扇吹出來的風，都是熱的，只有坐在冷氣房間才舒服。美惠，我問你，我們現在究竟有多少存款？」

「你問那個幹什麼？」

「我想做一種投資。」
「投資?投什麼資?你想做生意?」
「你靠過來一點，我跟你說。」
「什麼大不了的事，神祕兮兮的?」美惠雖然覺得煥庭今晚有點怪，還是向他靠了過去。
「是這樣的。」煥庭嫌美惠坐得還不夠近，便一拖屁股下面的椅子，又向她挪近一些，然後把嘴向她耳朵上一貼，就咬著她的耳朵嘀咕起來。
「那不是犯法嗎?」美惠猛然一怔看看她先生。
「你放心，不會有人曉得的。」

六

她聽他說到這裡，連想都沒想，便斬釘截鐵的說：
「不要!煥庭。我們不要做犯法的事情，我們攢這一點錢不容易，不能冒那種險。再說現在做一個公務員，待遇一天好似一天，不愁沒飯吃。何必去貪那種非分之財，要一個被逮到，一輩子就完了。」
「可是光靠你這樣省吃儉用，一年能存幾個錢，什麼時候才能把生活改善得富富裕裕。」煥庭看看美惠說。

「別人還不是一樣，大家都靠薪水過日子。」

「你不能那樣講，美惠。人不一樣，有的人有野心，有的人只求安分守己就好了。你以為公家機關，就準是一條清水河，裡面游的都是魚。你錯了，世界上不論怎樣清的河水，裡面難免有幾條泥鰍，幾隻烏龜，有機會就伸出頭來咬幾口。所以管牠泥鰍也罷，烏龜也罷，我們只要偷偷摸摸弄上兩次就罷手，還不是和別的魚一樣，在水裡游來游去；誰知道我們做過像泥鰍烏龜般，見不得人的事情。」

「不要！煥庭。我還是覺得不妥當。你既然自己也知道那種事情見不得人，何必要做呢？」

「你聽我說，美惠。我不會那樣傻，沒有十成十的把握，就去冒那個險，自己把頭送給人家砍。我是看準了那樁工程不會出事情，才肯這樣做。因為那樁工程歸我管，只要我把工程的底價悄悄透露給那位陳先生，再護航讓他得標，等驗收的時候再設法放放水，不就萬事大吉了。你說是不是人不知？鬼不覺？可是他一下子，就會送我們兩百多萬塊錢。你算算看，像我這種小職員，一個月五六千塊錢，要多少年才能存那樣多錢？要四十年哪！還要不吃不喝。你不是要買房子嗎？還要給老大買鋼琴；要有那樣一筆錢，不是全有了？也許還可以裝一部冷氣機，那麼到了夏天，就不至於熱得魂都沒有了。」

「陳先生既然能開建築公司，為什麼還要借錢？」她被先生說得有點動心。他講得有理呀，如果真能神不知鬼不覺的弄那一筆錢，真是什麼都有了。她也不至被秀娟吵著要鋼琴，吵得頭昏腦脹；也不至為買房子的自備款發愁。並可以給自己買幾件新衣服，在別人面前風光風光了。

「他要標這件工程，就要有押標金才成啊。由於這件工程太大，那筆押標金就不是一個小數目，所以這幾天他到處湊，也才要我們幫他這個忙。我想這是於雙方都有好處的事情，何況他還付利息，才來跟我商量。」

「我不管你怎樣做，只是要我拿錢出去，我不幹。」美惠想了想，還是覺得不妥當。她存那點錢不容易，不能隨便就鬆手，把它丟掉了。

七

如果她能堅持不拿錢出去的原則，那位開建築公司的陳先生，在湊不齊押標金的情形下，只有放棄投標那樁建築工程，自然不會出事情。

可是她把結婚以後的全部儲蓄，都拿了出去。她為什麼會放棄先前堅持的原則呢？是迷惑於煥庭的花言巧語？還是被建商陳先生的謊言所欺？對的！她是被他們兩人說動心了，使她看到遠處那種不費吹灰之力，就得到手的高大樓房，女兒的漂亮鋼琴，她的新衣服，滿屋時髦的電器設備。那麼她就沒有理由，不把那點辛辛苦苦的儲蓄投進去。因為她是人，不管她怎樣沒有野心，要是看到一大堆財寶放在那兒，只要唸唸「芝蔴開門！芝蔴開門！」的咒語就能得到，她能不唸嗎？她要唸，唸一千遍、一萬遍，她都願意。

藏財寶的洞門果然為他們打開，他們卻空入寶山。

是那位陳先生標到工程的三個月後，李煥庭營私舞弊的情形，就被他服務單位查出來了，有憑有據，以貪污罪移送法院。並且那些罪行，竟被法院以「貪污治罪條例」起訴，判處無期徒刑。

先生鋃鐺入獄了。

她所有的積蓄也完了。

她聽到消息時，面對著三個嗷嗷待哺的孩子，整個人都變傻了，只在心頭喊道：

怎麼辦？

怎麼辦？

八

她馬上就要面對的是生活問題，用什麼東西養那三個孩子？出去找事情嗎？別說她年紀已經不輕了，先前學的那點會計知識也荒廢了；何況就算找到，能有幾個錢？三個子女交給誰帶？如果請人帶，她賺的那幾個錢，全部給了褓母可能還不夠？送回娘家請母親幫她帶？

倒不失是一個又放心又省錢的好辦法。可是在煥庭的事情鬧得風雨飛舞的時際，她實在沒有勇氣回家見母親，那不僅連累雙親的顏面，還會被母親嘮叨一番。那緣母親是鄉下人，一生都在鄉下平安度過，偶爾進一次城，只當做走馬看花，不會被五彩繽紛的世界迷惑。所以她出嫁時，她曾一再告誡她在結婚之後，要好好持家過日子，莫貪非分之財，不要妄想榮華富貴，是她的，早晚都會得到；不是她的，想也是一場空。節儉是一個聚寶盆，別看一天一塊的省，總有滿的一天；浪費是一根針，雖僅那樣一個小孔孔，還是會漏光你的積蓄。那麼不論李煥庭這匹馬怎樣野，如何浪費，只要她能把韁繩拉緊，就會使路子越走越寬。

她全把母親的話撂到脖子後頭，只看見遠處那座耀眼金山，忽略了它前面那個深不見底的大坑。因此她絕不能在這時候回去。在這段時間內，她已經被別人鄙夷的臉色嚇壞了，心虛得不得了，幾乎不敢出門見人。只要見到鄰居們指指點點，或唧唧咕咕時，就心裡直打鼓，感到刺得慌；以為人家是在講她。以致把她弄得，到市場買一趟菜，或到小雜貨店買點日用品，都不敢抬起頭來。那麼父母何罪？也要被她累得抹上一臉灰？

子女對這件事情反應最激烈的，數老大秀娟。事實也難怪，三個子女除了老大在讀小學一年級。在讀幼稚園的老二，自從煥庭出了事情，她為了節省開支，就沒再送她去上學。並由於她只不過五歲的年紀，對事情的青紅皂白，猶在渾渾噩噩階段；只知道父親由她們心目中的大英雄，變成一個大壞蛋，被人家關在監牢裡，使她很傷心。更由於捉她父親的是警察，判他坐牢的是法官，也都在她心目中變成大壞蛋，她希望有一天能變成一個小飛俠，去把獄門打開，救出父親來。至於老三，就更沒有麻煩，他才一歲多，話都不會講幾句，奶瓶子對他是一個法術靈驗的魔瓶；只要往他嘴裡一塞，多大的煩惱也天下太平；父親到那裡了，有沒有父親，於他都不重要。然而在老二咒罵警察與法官的時候，他也會語音模糊的，隨著『呸呸』個大半天。

為什麼老大給她的煩惱最多呢？是煥庭判刑的消息傳出後，她有好幾次放學時候哭著回家，吼著叫著不肯再上學。那是在學校中，人多嘴雜，童言無忌，一切但憑直覺，那裡曉得輕重。就有許多同學當著她的面講：

「你爸爸不要臉，貪心，貪公家的錢。」

「你爸爸是一個大壞蛋！」

「你爸爸好黑心哪！」

「你知道無期徒刑是什麼嗎？就是關在監牢裡，一輩子都別想出來，一點自由都沒有，一切都完了。秀娟，你不是永遠沒有爸爸了？好慘哪！」

「你們知道貪污的人將來到了地獄裡，閻王老爺會怎樣處罰他？會挖他的心，看他的心是黑的，還是白的。」

九

固然那些話中，也有的對她同情與關懷。但在斯情斯景，同情或關懷，對她都是一種傷害，最好大家都不講話，像沒發生這件事情似的。能嗎？人嘴兩扇皮，無事都要生風。秀娟起初，自然不甘心被人指著鼻子譏嘲辱罵，跟他們辯，出言反擊。無奈臉上抹了一塊遮掩不住的大黑灰，話說得再怎樣硬，被別人三言兩語，就無法招架；反而使臉上那塊灰，越描越黑。那麼像她那般一個小女孩，除了哭跟逃避外，還有什麼本領，封住人家的嘴。

當然她氣不過的時候，也會跟對方大打出手，打的結果，是鬧到級任導師那裡。雖然老師對她十分同情。可是發生這種事情，老師也幫不上大忙；只能告誡那些喜歡惹事生非的同學，不可以欺負她。那不是她的過錯，上一代造成的罪惡，不能怪罪到下一代身上。

秀娟在學校受的氣多了，回家之後，免不了要向母親訴說。責怪母親當初，不該不勸阻父親。

做母親的又能說什麼？也跟老大一樣，把罪過都推到李煥庭身上嗎？她不會那樣做，她不是那種人，她承認這件罪過她也有一份，應該由她承擔。可是她要找一個理由向女兒解釋；那個理由，就是為了早一點給她買一台鋼琴。

「我只是希望能有一台鋼琴罷了，又沒逼你馬上買呀。」

「可是你整天在耳邊唸，也夠煩人。」

「那就是我的罪過了？」秀娟一肚子沒處發洩的氣，竟對著母親發作起來：「我不該要鋼琴嗎？那你叫我學鋼琴做什麼？再說我也沒要爸爸貪污給我買鋼琴哪！現在弄得我在學校裡，大家都嘲笑我是一個貪汙犯的女兒。」

「好！好！都怨我！都怨我！誰都沒有錯，都是我的錯！天哪！我是那前世作了孽，落得這樣下場！」李太太見女兒那樣說，本想再講她幾句，一個七歲的孩子了，也該多少懂得一點體恤父母的心意才是。在她那般走投無路的情況下，還要跟她作對，讓她怎樣受得了。同時她也從來沒有想到，把這件過失，怪到想買鋼琴的女兒身上；剛才她所以一開口就對她兇，是由於她的情緒，被秀娟回來哭哭啼啼的一煩，才給了她幾句重話。可是現在再一想，如果再講下去，她仍逞強的還嘴，母女兩人不是嗆起來了？她怎麼辦？打她一頓？或是罵她一頓？罷罷罷！就忍一口氣吧！那知那口氣還沒嚥下去，突然悲從中來，就撲到牆上號啕大哭起來。

小孩子的脾氣那裡有不拗的，只是拗歸拗，好歹還是分得出。秀娟一見母親那般傷心，就知道她的話給她的傷害太重，馬上奔過去偎在母親身上說：

「媽媽，我不要鋼琴了，我以後什麼也不要了。」

「阿娟，聽媽媽說。」做母親的一把抱住女兒哽咽的說：「媽媽從來沒怪過你要鋼琴，媽媽也一直打算給你買台鋼琴。每一個小孩都有他的夢，媽媽小時候，也做過夢，只是媽媽小時候作的夢，跟現在的小孩子不同，只是希望能有一塊蛋糕，或一支冰棒就好了。不過我還是在這裡答應你，只要媽媽有能力給你買鋼琴，一定給你買。」

「我真的不要了，媽媽。我知道現在家裡困難，所以我什麼東西都不要。」她覺得頭頂上還滴滴答答的，就曉得母親依然沒止住淚，就更貼心的說。

「聽媽媽的話，阿娟。媽媽知道將來會很苦，可是媽媽不論怎樣苦，都要把你們三個姐弟教養好。因此別的事情不要你管，你只要好好讀書，替媽媽爭口氣就好了。」李太太把女兒抱得更緊了。

「我會的，媽媽。」

「你真是一個乖女兒。」

十

砰砰砰！砰砰砰！

「誰？」李太太本能的反應。

「李太太嗎？我是季崇和。」

「哦！季大哥。」她聽到來人報出姓名時，連忙站起來，出去給對方開門。陪著她坐在客廳裡的秀婉，也隨在她身後，邁著兩條小腿奔出去。

季崇和面帶微笑站在門口，目光在秀婉身上直轉，當出現他面前，便伸手將她抱起來說：

「婉婉，還認識季伯伯嗎？」

「認識。」小丫頭點頭說。

「來！這是季伯伯帶給你的，這是弟弟的，這是姐姐的，你要幫他們收好哇。」季崇和說著把手裡的三包簡單禮物，一一塞到小丫頭的手裡。

「謝謝季伯伯，阿婉。」她忙教女兒說。

「謝謝！季伯伯。」小丫頭照母親的吩咐講道。

「季大哥進來坐吧。」她見季崇和把女兒放下，便把身體讓到一邊，好讓客人入內。

「不要了。」

「季大哥有事情嗎？」

「沒有事情，只是來看看你們。」季崇和臉上浮起一股異樣的笑容，神態中也有些艱澀。

「謝謝你，季大哥。」

對方既然不肯入內，她就不再勉強，一時只默默的陪他站在門前。那因這個季崇和，只是李煥庭服務單位的同事；她跟他認識，是由於李煥庭邀他來家裡吃過幾次飯的關係，因他的年紀比李煥庭大幾歲，她便尊稱他一聲季大哥。但聽李煥庭說，他已年近四十，還沒有成家，生活免不了有點亂，講話也沒遮攔，錢更是賺一個，花兩個，一點積蓄都沒有。所以她對他，並未因是先生的好友，而過分相信他；反而由於對他的行為不欣賞，始終保持一段適當距離。那他今天既然沒有事情，巴巴的跑來幹什麼？使她弄不清。難道他……難保呀！這年頭「知人知面不知心」。何況他本來就是一個浪子，自命風流瀟灑，什麼事情都做得出來。就像李煥庭有一次跟他開玩笑說的，他跟他本可算做一家人，只因他邪身不正，頭上戴了一頂歪扁帽，被姓李的趕出門，變成了姓季。他也笑著反駁李煥庭，說他們姓李的，是打祖先就注定了，永遠是光頭；再住個十萬八千年，也別想戴帽子。只有一種情形下，頭上即使沒有帽子，人家也會說他戴了帽子；只是那頂帽子是有色的。

因為當時她也在場，他雖然不便當著她的面，說是一頂什麼帽子，她卻一聽就明白。於是她對他更生一份戒心，並在心頭堅決的表示，她跟煥庭是愛的結合，在任何情況下，都不會給他那樣一頂帽子戴。

現在煥庭入獄了，他卻在大家躲避唯恐不及的時候跑來了，她更應防著他一點。

她想下逐客令，但說不出口來。

季崇和也不傻，自然一看就看出來了，伸手從褲袋裡拿出一個封好的信封，向她遞過來說：

「我走了，這個給你。」

「那什麼東西？季大哥。」她沒伸手去接，只看看那個紙包，又看看季崇和他的臉色，倒沒什麼特別表情。

「裡面有一點對你目前很重要的東西。」

「我不能要！季大哥。」她後退一步。

「你先拿著再說。」季崇和跟著前進一步。

「是不是錢哪？是錢我一定不能收。」她見季崇和硬把信封塞進她手裡，便堅決的表示。

「不論是什麼，你放心！我不會害你就是了。」

「不！不！你不能這樣子，季大哥。」

「再見了！我走了！」季崇和說著，就轉身快步離開。

「季大哥！季大哥！你拿走吧，謝謝你的好意，我現在還用不著呀。」她氣急敗壞在後面追著說。

可是季崇和的步子大，走得快，只一轉眼的工夫，就走出去好遠。她只有把那個信封拿回家裡，打開一看，果然是錢；數目還不是少數，五千塊。那差不多是李煥庭一個月的薪水了？因為照李煥庭每月拿的待遇看，連眷屬補助在內，也不過六千塊。他的職位雖然比李煥庭高兩三級，由於沒有眷補拿到的薪水卻差不了多少。

她慌了，把信封拿在手裡，不停的掂量。

如何解決這個問題呢？

她拿了他的錢，就等於被他抓到把柄。如果他以此對她作要挾，讓她怎麼辦？

答應他？

她當然不會那樣做。

可是不答應，會不會使他老羞成怒？口沒遮攔的說她拿了他的錢，她還有什麼臉見人。

那麼唯有退還他一途了。

對！退給他！不拿他的錢，就不欠他的情。要是他敢對外胡言亂語，她就敢跟他當面對質。

十一

可是……

可是……

這是五千塊錢哪！

她真那樣貪心嗎？被五千塊錢就打動心？不！她決不會貪心的；就是再多的錢，她也有她做人的原則。只是在此刻，這筆錢對她太重要了。如今既無李煥庭的薪水可以仰賴，出去做事，所得又不足以養育三個子女，只有設法自給自足；那麼唯一的道路就是做個小生意。可是她現在手邊僅有的一點錢，也不過三兩千的數字，做小生意都得謹慎將事。要是不小心的抛到水裡，真是呼天不應，呼地不靈了，飯都沒得吃了。

於是她想到賣麵條，也想到賣早點、炸臭豆腐、煮甜不辣之類，都是一些容易學，而又不需要下大本錢的小本經營，只要不怕苦就成。但是經過她五六天市場調查，發覺街頭的小吃店跟麵攤子，竟有五六家之多，她何必去湊那個熱鬧。炸臭豆腐雖只有一家，生意卻不怎樣好，她又聞不慣那個味道。因而她想到一種街頭還沒有的生意：蚵仔麵線。

她記得未婚的時節，一個人在臺北上班，租屋樓下就有一個賣蚵仔麵線的胖子，在早晨五點多的時光，便推著板車把一鍋煮得爛稠香濃的麵線擺出來，再架起兩張長木桌，四五張圓凳子，等顧客上門，於是過路的行人、出門上班的人、主婦到菜市場買菜，都會坐下來吃一碗；她也經常把它當做早餐，吃得津津有味。據說那種生意有六成以上的利潤，一鍋可以挖七八十碗，大約上午九點鐘就可以賣完，另在下午和晚上，還會各賣一鍋。如此說來，他一天不是要賣兩百多碗了？每碗五塊錢，以六成利潤計算，一碗就要賺三塊錢，一天就會有六七百塊錢的賺頭，那麼一個月下來，不就會賺兩萬多，可以抵煥庭三個月的薪水。難怪有人說，如今做小販的人，個個都肥得裡外流油。如果她也能做那樣一個小生意，每天不要說賣三鍋，有兩鍋就足以使他們母子生活得無憂無慮。並且她也窺準兩個地點，一個是菜市場門口，賣家庭主婦與出門上班的人；一個是對面的路口，賣放學的學生或下班的工人。

決定了，就開始籌備吧。那知一打聽，才曉得原以為很簡單的事情，竟也發生困難。她預期做蚵仔麵線所需的生財器具，有兩千塊錢就足夠了。可是實際一計算，從板車到鍋碗瓢杓，以及調理麵線的諸般材料，樣樣購置齊備，竟要將近四千塊錢。

她到裡弄這樣多的錢？

向朋友借？

當然可以，也算準了可以借到。

問題是朋友問她為什麼借錢，她怎樣回答？老老實實告訴他們，說她先生犯了法，關進監獄裡，她為了全家人的生計，不得不設法做個小生意維生。

她不會那麼厚臉皮，去自揭臉上的瘡疤，她希望這件不名譽的事情，越少人知道越好。

現在她有了這筆錢，不正好可以用來購置做蚵仔麵線的生財器具？解決全家人的生活？

只是那不是她的錢，而是一個花天酒地的浪子，用錢設下的一個陷阱，誘她往裡面跳。

如果他真是那種居心，就……

她想都不敢想了。

只是她仍然需要那筆錢，儘管她從小就是一個生性好強的女孩子，骨頭硬得像尖錐，不要人家同情，不要人家可憐？現在呢？就算她依然有那份骨氣？孩子呢？她不能讓他們挨餓，得好好教育他們，她是他們的母親啊！

可是把錢用了的後果，又是什麼？

突然她無助的喃喃叫起來：

「煥庭！煥庭！你知道我現在的痛苦嗎？我寧可死掉，也不要受這個罪。你想到過嗎？你一步走錯，會帶累全家人跟著倒楣，子女沒臉見人；妻子連挺直腰幹的骨氣都失去了，變成一隻可憐蟲；還有人覬覦她的美，想辦法引誘她。這就是報應嗎？就那麼爽啊！」

她不管了，她需要那筆錢。如果那個浪子真會來糾纏她，到底是以後的事，現在顧不得了。

十二

只聽一聲「也給我一碗。」

接著就是「媽媽，再一碗。」是負責照應顧客的一個小女孩，馬上高聲把話傳出去。

守在板車旁的李太太，一聽到吆喝，便用左手拿起一個淺底闊口的藍磁碗，右手拿起杓子往鍋裡一挖，就舀出一杓濃濃稠稠的爛熟麵線；再朝碗裡一倒，就恰好裝滿一碗。然後又用杓子，鳳點頭似的在鍋內點了幾下，杓裡便多了三顆蚵仔和四五片大腸，倒到碗頂上；再捏一撮芫荽末撒上去，便把那碗蚵仔麵線弄得鮮美可口。她也不必吆喝小女孩過來端，只把杓子在鍋沿上噹噹的敲兩下，小女孩就會把它送到應該送的地方。

這個小女孩，自然是李秀娟，現在正幫忙母親在菜市場門口照料賣蚵仔麵線的生意。那時光才早晨六點鐘，在晨光熹微中，只見李太太新打的那輛板車，上面舖著一層層雪白的薄鐵皮，光潔得一塵不染。它右邊挖了一個圓洞洞，洞裡面安了一只長身大鋁鍋，從半開半蓋的鍋蓋空隙處，可以見到裝得滿滿的一鍋蚵仔麵線。左邊有兩個小紅籮筐，上面蒙著一塊白布，布下面是一堆堆賣蚵仔麵線用的碗匙筷碟等。另有兩張可以摺疊的長木桌，跟幾張圓凳子，放在板車的一側；每張桌面上都放著幾個醬油、醋、蒜泥、辣椒醬等瓶瓶罐罐兒。僅有的一瓶寶貝麻油，卻放在板車下面不肯拿出來，只在客人要求時，才給他們滴兩滴。而在李太太身後的牆腳處，還有一輛四周圍著紗罩的小兒車，有兩個孩子併排躺在裡面酣睡。

看都不用看，必然是老二和老三，也被母親帶到菜市場。原來李太太為了做生意時候，如何安置這三個孩子，曾費了不少周章。她原先把希望寄託老大身上，希望在她一早出門那段時光，由她在家裡帶著弟弟妹妹睡覺。到了七點鐘，鬧鐘自然會叫醒她，她就可以起身穿好衣服，帶著書包，把弟弟妹妹抱到那輛小兒車上，推到市場交給母親，順便吃一碗蚵仔麵線做早餐，然後去上學；兩個小的就留在她身邊玩。無奈她的如意算盤，打得並不理想，秀娟只不過一個七歲的女孩子，自己照應自己，都丟三掉四的，一件衣服穿半個鐘頭，都穿不整齊；要她怎樣料理弟妹。何況那兩個小的到菜市場時，經常是一車子哭聲，車上的人哭，推車的人也哭。於是她的生意也做得手忙腳亂，秀娟也三天兩頭上學遲到。

以致有一次，她推著蚵仔麵線出門時，秀娟也從床上一轂轆爬起來，一定要跟她去。

「你怎麼可以去呢？阿娟。弟弟妹妹還在睡覺，你也跟我去菜市場，誰在家裡照應他們？」

「他們睡他們的覺，有什麼關係。」

「萬一發生什麼事情呢？你總比他們大幾歲。」

「大幾歲有什麼用，我還不是沒辦法處理。」

「聽媽媽話，阿娟，留在家裡看弟弟妹妹，讓媽媽安心出去做生意；要是生意做不成，我們飯都沒有吃的了。」她只有用好話對女兒講。雖然她也曉得，把老二老三交給秀娟照應，不是最妥善的辦法；如果發生火災什麼的，她自己逃都來不及，那裡顧得了別人。如果在過去，她絕不會放心的這樣做；在目前的景況，她不放心也得放心。現實壓得她僅能作輕重的取捨，無法全部兼顧；只求老天有眼，不要把災禍降臨他們頭上。

「我們也可以把弟弟妹妹帶去呀。」

「帶去放在那裡？」

「就讓他們在車上睡覺。」

「那裡的蚊子那麼多，不把他們咬出病來才怪。」

「那就把我們蓋飯的紗罩帶去，蓋在車子上面。」

「那輛車子那麼大，四邊都透風，蓋飯的紗罩有什麼用。」做母親的忍不住的笑了。

「那我們就弄塊紗把四邊圍起來，再弄塊紗在頂上一蓋，蚊子不就飛不進去？」秀娟轉動著一雙伶俐的眼睛望著母親，說得有板有眼。

「好吧！這倒是個辦法，可以試試看。」她無可奈何的說。照她內心的意願，還是不願那麼早，就把兩個孩子帶出去風吹雨打。但老大偏那麼拗，硬是不願留在家裡，她只有照她的說法一試了。

一試竟然試通了，兩個小傢伙，雖在屋簷下，照樣睡得好好的。小秀娟到了那裡後，還會成為她的一個得力助手。因而她在每天早晨整治好蚵仔麵線出發時，跟秀娟每人推著一輛車子，她的車子上，是桌子、凳子、水桶、碗筷瓢杓，跟一大鍋蚵仔麵線；秀娟的車子上，是書包、制服、水壺、奶瓶，跟兩條小睡蟲。

十三

只是六點半鐘以前，生意並不好。那時光上班上學的人，多數還沒有出門，市場內僅有三五個菜販，在整理批購來的蔬菜，或幾個屠商在剔丟嘎喳的分割豬肉。他們雖然也是好主顧，卻比較麻煩；因為他們為了準備做生意，沒工夫跑到攤位旁邊吃，只遠遠吆喝著要她們送。這時候秀娟就最有用處了，她會一碗一碗端著送，等會再挨次去收錢；碰到一時手頭不方便的，她也會記住。並且小孩子對那種事情，也最認真，就算隔上個三五天，那筆賬仍會牢牢記在腦海裡，依然追得回來。到了七點鐘左右，小妮子的工作便告一段落，換上制服，背上書包，上學去了。雖然在這段時間，也有她的同學們來吃，起初她還有點不好意思，想法子躲藏；後來竟也習慣了，見到同學上門，招呼得更親切，幫他們端麵線，教他們配佐料，心裡沒有一點疙瘩。還會等他們吃完了，一道去上學。

他們的生活無虞了，李太太也鬆了一口氣。只是她發覺這樁生意的利潤，並不如預期那樣多，能有對成利就算好了，所以她上午下午各賣一鍋，除了維持生活，也剩下不多。她不知道當年樓下那個胖子的利潤，為什麼會那樣高？是他的地點好嗎？還是他每碗盛的不像她這樣滿？還是他也像時下一些職業不如意的人？用虛誇的高收入，來支撐他們職業的自尊？

十四

「丫頭，你們的蚵仔麵線的味道好好啊。」有一天下午，一位客人吃完之後，抹著嘴巴對秀娟說。

「我媽媽做的蚵仔麵線，大家都說是第一流的。」小丫頭招呼客人久了，也會能說善道起來。

「你會不會做呢？」客人見她小小的年紀，就伶牙俐齒的，更喜歡逗著她玩。

「會呀！我經常幫我媽媽做呢。」

「這碗麵線算你請我的客好不好？」

「我請你的客？我為什麼要請你的客？」客人的話把小丫頭弄傻了。她從國小一年級就幫母親賣蚵仔麵線，賣到如今國中二年級，客人見的也多了，開玩笑要她請客的人也有。只是像他這般不認不識的人，又把話說得那樣一本正經，她還沒有碰到過。

「我沒有錢哪。」

「你沒有錢，怎麼來吃東西？」

「哈哈！丫頭！不認識我了？」客人大笑道：「季伯伯來吃一碗蚵仔麵線，你不該請客呀。」

「你是季伯伯？」她向客人臉上仔細的看看，腦子裡是有一點點印象，但又不敢確定。她跟他分別的究竟太久了，她記得季伯伯到他們家裡做客的時節，還是在父親沒有出事前，出事後除了來看過他們一次，就沒有再見到他。雖然母親對他的為人不怎樣欣賞，她卻跟他很投緣；因他到他們家裡時，會帶好吃的東西或玩具給他們三姐弟；也偶而會帶她去兒童樂園玩。

可是她雖不敢確定他真是季伯伯，還是大叫一聲：

「媽媽，季伯伯來了。」

「季伯伯來了？在那裡？」正坐在攤子後面靠著牆壁打盹的李太太，急忙睜眼向前看去。

對於這個行為不檢的浪子，她從用他那筆錢起，心裡就一直惴惴不安，唯恐他會藉此緣由前來生事。那知他打那天來過以後，不僅沒再來過，並連個消息都沒有；只知他在煥庭出事後不久，也離開那個單位。一晃眼幾年過去了，她倒惦念他起來，因為經過這幾年的辛勤節儉，使她手頭有了一點錢，亟想把欠他那份情還清；那怕是加倍、再加倍，她都不願讓它壓在心坎上。同時她對自己從前會有那種想法，也感到尷尬；她為什麼會見到他，就那麼胡思亂想呢？是不是由於煥庭出了事情，使她疑神疑鬼呢？

她從板車後面走出去，老遠就迎著季崇和叫道：

「季大哥，你來了？」

「好久沒見你們了，今天特地來看看；見你們做起小生意來，就知道還可以。」

「將就著吃飯罷了。」

「那就好，我就放心了。」

「我們也想找你呢，只知道你已經離開那個單位；可是再怎樣打聽，都打聽不到你的消息。」

「我還不是像個浪子似的，到處流浪，所以這幾年也換了兩三個單位，你們到那裡找去。不知你找我有什麼事情？」季崇和說著把身體晃了晃，擺出一副浪蕩不羈的姿態；好像只是身上的穿戴比過去整齊了，別的絲毫沒變。

「想把你拿給我們那個錢，還給你啊！說起來你還是我們的大恩人呢，要沒有你那筆錢，我們會餓死的。」李太太說的雖是奉承話，裡面仍有幾分真。

「罷罷罷！統共幾個錢，還要你們還。我當時也是一個窮措大，只能湊那幾個錢，要有的話，該多湊幾個送你們才是。」季崇和一面說著，一面攤攤手。

「親兄弟，明算賬，怎麼可以不還呢？我也在這裡跟你說實話，就是由於你那五千塊錢，才使我們有本錢做這個小生意，到現在都還沒有餓死。你說我怎能不感激？只是我不知道怎樣還你才好，就加倍好了。」

「你想我會拿那個錢嗎？我跟煥庭是好朋友，他有了難處，我能裝著看不見嗎？我看這樣好了，這是阿娟吧？」季崇和把手放到秀娟頭頂摸了摸笑道：「我剛才跟小丫頭講，要她請我個客，她都不肯，好小器啊！好像季伯伯是一個大肚漢，能吃掉多少似的。另外她還說她也會做，現在就請她給我弄一碗，我嚐嚐她的手藝如何。」

「好哇！我現在就去給你弄，保證味道一定好。」秀娟由於剛才沒認出季崇和，正覺得不好意思。便馬上答應著，轉身去調理蚵仔麵線。

季崇和就跟李太太在靠近攤位的一張桌旁坐下，話起別後的事情，並關切的問及李家另兩個孩子。李太太這才告訴他，老二老三都留在家裡，沒到這兒來。那因秀婉如今雖已讀國小六年級，性格卻越來越怪，孤僻得啞巴似的，什麼事情都悶在心裡，不肯往外講；可是那個炸彈一旦爆炸了，就是一顆原子彈。不過她也有她的好處，就是凡是該她做的事情，不論是功課，還是家庭代工的工作，都一定會做好，不用她操一點心。至於秀雄，也算小學三年級的學生了，還是一個傻小子，只知吃喝玩樂，什麼事情都不能做。再加上他是老么，又是一個男孩子，她難免寵他幾分，他就更撒嬌弄癡的頑皮，連功課都拖拖拉拉的。而這種情形，只有他二姐才能吃住他，只要她往他身邊一站，臉一板，他就只有乖乖的聽她的，動都不敢動。所以她把傻小子交給老二，就最放心不過。

兩人在那裡講了半天話，只見秀娟已經把一碗蚵仔麵線盛好了，仍不端過來，猶低著頭，一手拿著杓子，一手拿著筷子，在那裡撿什麼。

季崇和見狀笑道：

「丫頭，麵線盛好了，還不端過來給季伯伯吃，還一個勁的在那裡撿個不停。」

「我要給你多撿點好吃的東西。」

「那裡面有什麼好吃的東西？」

「等會你吃到就曉得了。」

「真的？」

「你聽那丫頭胡說。」李太太在一旁笑道：「那裡有什麼好東西，不過是幾顆蚵仔和一點大腸。因為那兩樣東西是做蚵仔麵線不能少的東西，只是這種小生意，都是將本求利，像那種貴一點的佐料就不能多買；所以賣的時候，就不能把蚵仔和大腸混在麵線裡，一攪和就不見了。而是放在一個角角處，等把麵線盛好後，再向角上點兩下，舀出三兩顆蚵仔和幾片大腸放在上面，意思意思就好了。可是賣到最後的時候，不管那些東西剩多少，就都倒進麵線裡，多了就每碗多分一點，少了就碰運氣了。剛才我就是把它們全部倒進麵線裡，她是在那裡幫你揀呢。」

「算了！丫頭，別揀了。」季崇和笑道：「你以為季伯伯真要你請客，只是試試你小不小器。快拿過來我吃掉就算了，有沒有蚵仔對我都是一樣。」

秀娟把蚵仔麵線端過來了，碗上堆了一層蚵仔和豬大腸，季崇和一見就笑道：「不錯！不錯！丫頭對季伯伯果然不小器。可是你把這些東西都揀給我，別人來了吃什麼？拿回去倒到鍋裡一點，我用不著這麼多。」

「你儘管吃吧，季大哥。」李太太說：「今天這些東西比較多，裡面一定還有。」

「沒想到阿娟小小的年紀，就這樣能幹。」

「嗨！這些年也虧這丫頭幫我的忙，才使我能自己站起來。所以我不但對你季大哥感激不盡，也對這孩子這麼小就那樣懂事，心中又安慰，又虧欠。」

「沒耽誤讀書吧？」

「功課也很好，每次考試都在前五名以內。」

「孩子們都這樣好，你的辛勞也算有代價了。」

「我還是擔心老二呢，她太爭強好勝了。要能夠不孤僻，再隨和一點就更好。不過我也不能怨她，她年紀究竟小，又感覺特別尖銳，事事都求好心切。偏她爸爸又出那種事情，怎不讓她臉上無光。」

「我說一句不中聽的話，李太太。」季崇和停止吃東西，抬頭看著李太太說：「你不要太不知足了，你能有這樣幾個好孩子，可說是前生修來的福氣，別人求之不得呢。同時你也別再怨煥庭了，事情已經過去了，人也關到監牢裡面，什麼過錯也該洗刷乾淨了。等他出來以後，一家人平平安安過個太平日子就好了。」

「他這輩子還想出來呀？他判的是無期徒刑。」

「無期徒刑，不是受刑人表現好，十年以後就可以假釋嗎？他服刑的時間也快到了。」

「可是他是貪污罪判的無期徒刑，人家說不可以申請假釋。」

「哦！還有這樣一說。」季崇和挑起一匙麵線放進口裡細品著講：「法律我不懂了，只是我覺得，一個人做錯事，給他懲罰是對的；在懲罰過後，還該給他一個改過自新的機會。不能把他在監牢裡關一輩子，連一個自新的機會都不給他，那也不太對。」

「是呀！我們也不懂。」李太太低沉的嘆了一聲。

「好了！我走了。」季崇和吃完蚵仔麵線就站起說：「看到你們這樣好，我就放心了。過幾天我還會去看煥庭一次，也幫他打聽打聽。」

「再坐一會嘛，你那麼久沒來了。」

「快有管轄了，不像過去那樣自由了。」

「你是說你快結婚了？什麼時候？」

「有是有一點影子，可是最快，也得在年底。不是有個說法嗎？『有錢沒錢，討個老婆過年』。」

「季伯伯可要請我們吃喜酒啊。」小丫頭插口道。

「那當然了，要請你們全家都去呢。」

季崇和走了。這個在他們李家面前，自稱是一個戴歪扁帽的人，過去雖然浪漫花稍一點，但她知道他在結婚以後，一定會是個好丈夫。可是她當初選擇李煥庭，不是也覺得，他會是一個標準的好丈夫？現在……

她悽然的滴下一滴淚水。

十五

「爸爸回來了！爸爸回來了！」

傻小子又從外面唱著，踢躂著回來了，還樂得一面跳著一面彎腰扭屁股。秀婉見到他那副模樣就有氣，從拉鍊機上跳起來，迎著他叫著：

「你有完沒有完？『爸爸回來了！爸爸回來了！』爸爸回來了就連事情都不用做了！」

「我高興嘛，我叫『爸爸回來了！』也算錯了！」

「我跟你說，媽媽剛才講過了，下午賣完麵線，大家一起去買沙發、買衣服，還要油漆房屋哩，把家裡弄得新新的。你的工作做不完，就不要去。」

「媽媽，二姐的話，是真的嗎？」秀雄興奮的跑到廚房門口，向正在忙碌的李太太問。

「你快去做你的工作吧，我今天做一點麵線，早賣完了，早一點出門去買。」

「好好哇！我又有新衣了！可是，媽媽，你要給我買一條我上次講的那種小牛仔褲，和一件上面有一架太空船的那種襯衫，還有一雙兩邊都貼著小飛俠的鞋子啊。」

「我也要一件……」秀婉從機器上轉回身來。可是她的嘴張合半天，卻沒有講出來。

「你也要自己選啊？」李太太對這個很少提出要求的女兒感到奇怪，從廚房門口探頭向她望望。

可是女兒誤解了她的意思，馬上忿然的說：

「弟弟能要，我為什麼不能要？」

「我沒說不讓你要啊。」做母親的忙笑著說：「我巴不得把你們都打扮得漂漂亮亮，讓你們高高興興的。所以我也要你自己選；還有秀娟，你也講，你喜歡一件什麼樣的衣服，媽媽今天都達成你們的願望。」

「我等會到了街上自己選。」秀娟在打電話，只能抽空回頭說一句那樣簡單的話。

她在打電話給季崇和，把她爸爸下星期三出獄的消息告訴他。原來那個浪子，自從結婚後，馬上被他太太在野馬脖子上拴上一根韁繩，成為一匹拉車的馬。從此生活安定下來，在李家附近租了一幢房子，買了一輛二手貨的小汽車，做為兩口子上下班的交通工具。偶而在晚上，也會跑來李家跟他們母子聊聊天。

「媽媽，季伯伯說我們星期三去接爸爸的時候，他也要去；還要開著車子帶我們去。」秀娟放下電話說。

「你沒說不用麻煩他了?那麼遠的路，我們搭客運車去，回來時候租一輛計程車就好了。」

「他說他一定要去，還說那天晚上，他要請我們全家吃晚飯，跟爸爸好好喝幾杯。可是我告訴他，那天晚上我們全家也要出去吃館子；所以我也說請他跟他太太一道去，他也答應了，說到時候再講。另外季伯伯還問，爸爸的刑不是不能假釋嗎？怎麼又放出來了？」

「我也不清楚，我也不懂法律。」做母親的想了一下說。

「我也是那樣跟季伯伯講的。」

「季伯伯怎麼說？他懂不懂？」

「季伯伯說，只要人出來了就好了，別的事管它呢。」

「是啊！我也是那樣想，只要人出來了，就比什麼都好。難道我們還要去挑他們的錯？跟他們去打官司？」

「我也等到了街上，再選我喜歡的衣服。」秀婉從秀娟那裡得到了靈感。由於這一會兒，母親跟秀娟把話岔到別的上面，等了半天才得到開口的機會。

「你們的條件我全部答應，各做各的工作吧。」

傻小子現在那裡有心情壓拉鍊拴，他坐到機器上，見秀婉籃子裡的拴片，只剩下籃底一堆了，他的還有大半籃子。便轉了轉眼睛斜斜他二姐說：

「媽呀！我怎麼還有這麼多，什麼時候才能做完。」

秀婉不理他，逕自卡嚓卡嚓忙她的。

「二姐，我們商量商量好不好？」

「商量什麼？」秀婉抬起頭來。

「我們把兩個人的東西放到一起，一道合夥做。」

「才不要哩，你還有那麼多，我才剩下一點點。」

「我跟你說，那樣做才快呀，我們兩個人做，一次就可以做兩個，比一個人做，一次只能做一個快多了。」並且他一面說著，一面拿起他那個裝拴片的籃子，嘩啦一聲全部倒進秀婉的籃子裡面。

「你幹什麼？怎麼倒到我籃子裡面了。我才不要跟你合作哩，快把你的拿走啦。」秀婉說著急忙伸手從她籃子裡，往秀雄的籃子裡抓。

「唉呀！你怎麼都抓到我籃子裡了？我沒有那樣多呀！」秀雄又從他籃子裡往回抓。

「我沒見你這樣賴皮的人。」秀婉被她這個寶貝弟弟氣得嘴巴嘟得高高的；但又沒有辦法奈何他，只有認輸的說：「好了！算我倒楣，不跟你爭了，你籃子裡面那些，總可以自己做完了吧？」

秀雄又坐回機器上，一時這個小屋裡，機器的卡嚓卡嚓聲、洗碗碟的嘩啦聲，混成一片忙碌而又熱鬧的聲響。只要卡嚓一聲，就唱一句「爸爸回來了！」的歌聲。卡嚓一聲，就唱一句「爸爸回來了！」兩種不同的調子，還蠻配合的。

因為他知道，他的拉鍊拴到時候做不完，他二姐會一聲不響的拿過去，幫他做完。就在這時際，他發覺二姐在掉頭看他，似乎嫌他太吵了。可是她沒有講話，又回頭去壓她的拉鏈拴，只是速度變得更快了。

傻小子放心了，依然一面工作一面唱。

爸爸回來了。他怎麼能不樂呢？

本文原名【爸爸回家時】，一九八五年九月二十三日開始在中央日報副刊連載之中篇小說。

水仙

一

來吃火鍋呀！

那是一九七六年冬天的一個禮拜五，在密歇根大學教書的趙守統趙老大，突然用電話四方八面打了幾聲呼哨，約請各路英雄到他家裏晚餐。在那般天寒地凍大雪紛飛的日子，大家聽說有使渾身冒氣的火鍋可吃，便一齊殺將去也。這位趙老兄所以能被我們稱做老大，倒不是因為他的年齡大我們幾歲，或道德文章高人一等；而是他待人那種熱情豪爽勁兒，確有作老大的風範。

當我到達趙府時，已經有六個人先我而至。趙太太整治的一個大火鍋，在餐桌上咕嘟咕嘟直冒氣，四周菜菜肉肉擺滿一桌子。天實在冷，雖然房子裏有暖氣；大夥見到那樣熱氣蒸騰的東西，一個個仍恨不得連火鍋都吞下去似的，磨掌擦拳，準備撕殺。照這種情形看，做主人的就不該吊客人的胃口，應該馬上招呼這群饞虫入座大嚼；免得大家饞得口水滂沱，造成美國空前絕後的大水災，豈不生靈塗炭！老大偏要我們再忍耐幾分鐘，等待一位客人；而那位客人，又是當晚唯一的一位女性，做男生的就要吃點虧，不能在人家未到之前，便撒起野來。

於是大夥只有聊著天等，這樣耗了將近半個鐘頭，依然不見那位姑娘的芳駕。老大雖替她焦急，一時也拿不出主張，無可奈何的宣佈：一面吃著一面等。饞虫們一聽這話，馬上團團圍住餐桌，拿出氣吞河嶽般的氣魄，向美得冒泡的火鍋進攻。

當酒至半酣的時光，突聽幾聲狗叫，跟一陣格格高跟鞋聲，趙太太帶著一位俏生生的女郎走進餐廳。她穿著一件黑大衣，用一條黑圍巾把頭連脖子圍得緊緊的，祇在前面露出一張略顯瘦削的窄長臉蛋。

「你遲到了，白翎。」老大一見她便笑道。

「你可不知道，路上有多難走，雪一直下個不停！我的駕駛技術又蹩腳，路又不熟，能摸來就算不錯了。」她說著一手扯著圍巾，三轉兩轉便從頭上解下來。

「這個理由不夠充分。」老大依然笑著：「要說下雪天的路難走，大家都一樣難走。可是別人都到了一個多鐘頭；你晚，也不該晚那麼久？」

「你用不著繞著圈子找理由了。」白翎也針鋒相對的笑著看著老大：「遲到該罰是不是？把條件開出來吧！我一定無條件的接受。」

「不愧快人快語，白翎。這樣好了，罰酒三杯，再來一段平劇，要求的不算苛吧？」

「好的！」白翎一口答應下來。

她說這話的時候，是背對著餐桌，因為那時她正在把脫下來的大衣往衣架上掛。隨著聲音一落，但見她驀地一揚頭上的長髮，同時轉回身。這時祇見她那頭黑亮黑亮的髮絲，高山流水般從頭頂披下來，把那張雪白的臉龐，映得凝脂一般；再配著那副細高挑的挺直身段，彷彿一座高聳天際，沒人敢去攀登的險峻峻的孤峯。

此時老大已經開始給白翎往杯裏倒酒，沒料到我這個一向自認為開朗豪爽的人，當時竟婆婆媽媽起來；沒經過她的同意，就連忙往她杯裏放冰塊。不過話說回來了，我這樣做，也不能算錯，那晚老大為我們開的酒，是一瓶黑牌威士忌；那酒對我這種稍飲輒醉的人來說，是烈了一點；以此類推，對一個女孩子，如果不加點冰塊把它沖淡一下，更吃不消。

「還是你好，幫我在杯子裏加點冰塊。」白翎把臉轉向我，望著我嫣然一笑。

我又討好的，夾了一塊冰塊放進去。

「真謝謝你！你知道老大往我杯裏猛倒酒，而不加冰塊的意思嗎？他想出我的洋相，把我灌醉；可惜這點點酒，還奈何不了我。」她說完拿起杯子，眉頭連皺都不皺，一仰脖便把滿滿一大杯酒乾了下去。

老大接著又給她倒了兩杯，她又很快的乾了。那兩杯酒，我本來也打算給她放冰塊，她卻向我直搖手；在我還沒把冰塊放進杯裏時，就搶先把杯子端起來。這樣一來，反顯得我在旁邊多事似的，弄得怪尷尬。心想管她呢！狗咬呂洞賓，不識好人心，讓她醉去。那麼大的一個姑娘，要是在大夥面前醉倒芙蓉，正有光景可看。那知三大杯像能把心都燒焦的東西到了她肚裏，她竟沒事似的，依然神態自若；僅在白皙的兩頰上，泛起一抹淺淺的酡紅，讓風韻平添幾許嫵媚。但那座險峻峻的孤峰，卻不似剛才那般冷硬險峻，像可以讓人攀登一般了。

「好了！該喝的已經喝下去了。」她放下杯子時，又一揚聲說：「不能光進不出啊！現在輪到往外吐了，唱什麼？點吧！」同時用那雙亮得照人的眼睛向四周一掃。

「大家點哪！」老大緊接著說：「我跟各位講，白翎在平劇方面的造詣，可不是蓋的，就像她的酒量一般，海的很；祇要點得出來，就不會遭到封殺。」

通常的情形，在烈酒熱菜把人們心頭弄得暖烘烘的時候，大家一定會亂起鬨。現在的情況正好相反，一時竟無人開腔；倒有幾人望著白翎，微笑著把眼睛一開一闔的詭譎眨動。我知道這夥人當中，絕不是每個人都像我一樣，跟白翎素昧平生。那是她到達時，曾有幾人主動的向她打招呼；現在看那幾個人的神態，顯然在挖空心思給她出難題。至於我，更不願開口，一方面是我對平劇知道的不多，避免貽笑大方；另一方面是先前既顯得多事了，何必再去多事。免得被譏笑，見了漂亮女孩子，就昏了頭，祇在一旁等著看光景。大家都不講話，總不能那般乾耗下去，白翎又把目光一掃，竟落到我身上。

「我看還是你點好了！」她滿面春風的對我笑道：「你知道那些傢伙，一個個都不懷好意，一心想拆我的臺，給我出難題，叫我難堪。我想你不會像他們那樣壞，現在你先說出來，他們就沒有機會了。」

「我不曉得你會唱什麼呀？」

「隨便點就好了，祇要不是太難唱的就成。」

「那就『起解』好了。」我隨口說道，因為那是我僅知道的幾齣平劇之一。

「我的媽呀！」她突然尖著嗓門叫道：「我叫你隨便點，你怎麼偏偏點這齣戲？你知道嗎？我當初來美國讀書的時候，就是像『起解』似的，現在又要我在這裏唱『起解』，豈不是『我蘇三好命苦也』！」她最後這句，是有腔有調唱出來的，並用手做拭淚狀，在眼睛上連續的揩了揩，再用甩水袖狀向外一撇。驟然引起一陣哄堂大笑。

等大家笑完後，白翎又講話了：

「對不起，老兄！這齣戲我不能唱，你可以再點另外一齣。因為我不能再『起解』，當初我父母硬把我『起解』來美國，就夠我心酸了。所以我現在雖然思鄉心切，可是我沒有『衣錦』，就不能『還鄉』。如果再把我『起解』到一個陌生地方，不是更慘？」

我當然不便勉強她，只有再想別的。

那知我還沒想到新的劇目，她又一笑問我：

「你貴姓呀？先生。」

這時老大才想起，還沒給大家介紹，便把我跟另外兩位白翎不認識的人，一一說出姓名。然後又一笑說：

「我跟你說，白翎。你可別選錯了目標，這位馮鋏，不但已經名草有花了，並且他那朵花也結了兩個果子；要選，這裏準備接你的彩球的人多的是。」

「你又曉得了！」白翎笑著反唇相譏。

「攻擊就是奪取，這是不變的真理。獵人不想獵取那個獵物，就不會對它開槍；只要向它開槍，就是想把它逮到手，你不否認這個事實吧？」

「你能不能講點別的？怎麼每次見到你，總是來這一套；你自己也不覺得煩？」白翎眉頭泛起一股惱意。

「我是個有使命在身的人，煩也沒有法子。我只要接到你媽媽的電話，就是催我趕快給你找個對象。你說我怎麼不急？」接著老大長笑著把兩手一攤：「本來嘛！天生男女，就是要叫他們成雙成對，這有什麼好煩的？俗話說得好：『水仙不開花，裝蒜！』這個『蒜』是裝不得的，很痛苦啊！」

「你再講！我就要走了！」她裝做生氣的樣子。

「好！不講！不講！馮鋏你想出新戲沒有？」老大連忙按著手挽留，並一面問我。

我哪裏還會去想，見老大跟她講得有聲有色，早把想劇目的事擱到一邊。便回答說：

「不要唱算了！我想不出什麼戲來。」

「好吧！那就饒了你這一次，白翎。趕緊吃菜吧，你坐那裏呢？要不要到這邊來？」老大指著一個外號叫拼命三郎的男生說，那人立刻在身邊讓出一角空地。

「當然馮先生的旁邊了，剛才你那般說，我要不坐在他旁邊，不是心裏真有鬼；被你說中了，才不好意思跟他坐一起。現在可以用事實證明，我心裏多坦然。」她說完就緊挨著我的身邊坐下。

「你呀！白翎！就是嘴硬！」

二

那頓晚餐，一直吃到菜盡湯殘，也把所有的人吃得酒醉飯飽，渾身從裏往外冒泡。但我對白翎的瞭解並不多，雖然她就坐在我身邊，我也盡了男生對女生應盡的職分，幫她挾挾菜，倒倒酒，沒話找話的幫她解解寂寞；所談的卻是一些浮光掠影的話，無法做深一層的探究。事實就我的身分來說，也沒有必要向一個單身女孩子，做深的探索。不過有一點倒令我十分欣賞，就是她的性格開朗，不忸怩作態，大杯喝酒，大口吃菜，大聲的笑；可是不會大得沒有分寸。

飯後大家回到客廳裏，商量做何消遣。因為接著是兩天假期，又難得有這麼多中國人聚在一起，自然而然該有中國人節目才是。當大家興致勃勃分配座次時，白翎卻忽然要走。她要走就走吧，也不能強留；同時她的去留，對餘興節目毫無影響。她不但玩不好，並且兩個座次的人員已經決定，所以多她不多，少她不少。問題是她怕路上積雪太深，不肯自己開車走；而要把她的車子寄在老大家裏，找人送她回去。這一來弄得大夥好為難，不是送她一趟有什麼不得了；而是缺了一個人，有一桌就變成三缺一，不知要等多久那人才能回來。

趙太太也就堅留的對她說：

「白翎，你今晚就在這裏呆一晚吧。」

「我呆在這裏幹什麼？乾耗著多難過。」

「我倆可以聊聊天呀，我們好久沒見了，你難得來一次，今晚我們就好好聊聊。」

「不要了！聊來聊去還不是老套。說實在話，我現在最怕聊天了！」白翎用力搖搖頭。

「跟他們玩玩也可以啊。」

「我的錢沒處送了，送給他們花。」

「也不一定啊，說不定還會撈幾個。」

「不一定？鐵定？」白翎肯定的說。

「其實呀！白翎。」趙太太笑著拍拍她的肩：「你也不必把錢看得那樣緊，你賺那麼多錢，自己一個人也花不完，送幾個就送幾個吧。」

「你講得倒輕鬆！」白翎笑著把嘴猛一咧，但那一咧，卻在嘴角咧出兩道深紋，接著又把嘴唇一撇說：「我賺的錢多？可是你知道我有多大的開銷？現在我弟弟每月在約紐的開支，全部由我負責。另外我媽媽，還要按月向鄰居誇耀，她女兒給她寄多少美金回來。」

「噯呀！」趙太太又拍拍她笑道：「我不過才說了一句話，就引出你一籮筐牢騷。」

「該你講幾句話了，馮鋏。」趙老大趁白翎全神跟他太太鬥口時，暗中向我示意的說。

「我說什麼？」我一時沒悟出老大的意思。

「幫忙留一留呀！照今晚的情形看，說不定你的面子大，能留她下來。你知道她一走，不論誰去送她，一定要有三個人在這兒乾耗好幾個鐘頭。」

我對她的去留本來不想講話，因為不論留得下或留不下，都沒有我講話的分兒。現在老大要我來處理這個燙手的山芋，一時使我十分為難。

那知我正要推卸時，白翎卻在遠處發話了：

「趙老大！講話就要大聲講，別偷偷摸摸的。你以為偷偷摸摸我就聽不到了？我早就聽到了。」她這番話是面對著老大講的，在講完後，又把臉轉向我：「馮鋏，你可要聰明點，不要開口啊！剛才我不過坐在你旁邊，他們就糗我倆。現在你要是講話，我要不給你面子吧！那多沒趣；如果我領了你的情，那我們不更糗到一起了。先前我本來有九十九分意思要走，還有一分意思要留。現在被趙大哥暗地一嘀咕，那一分要留的意思，也無法保留了。」

「你呀！真是個鬼靈精。」趙老大笑起來：「你要走就走吧！找誰去送你？」

「除了馮鋏，誰都可以。」

「為什麼不要馮鋏送？」

「還要再講嗎？再講不越說越臭！」

「那自己決定要誰送呢？還是由我們拈鬮決定？看誰有這份擔任護花使者的光榮。」

「那我去送白小姐好了。」突然有人自告奮勇擔任那份差使。我原先以為拼命三郎一定會當仁不讓，自從白翎進門後，他那兩隻眼睛，就賊眼似的情意綿綿般不停的向她瞟。無奈白翎始終裝不見。現在我們循聲看去，發現講話的竟是老學究。這仁兄名叫吳才全，四十郎當歲，頭髮半禿，個子不高，身體胖胖的，鼻樑上架著一付深度的近視眼鏡。他是個犬儒型的書生；背上那個博士學位，是啃了半生書本才啃出來的，現在在密歇根大學教書。他生活節儉，是個標準衛道主義者，開口閉口，總離不了仁義道德。在我們這些人當中，卻屬他最有錢。

送的人選已經決定，就沒什麼好講了，大家一齊去送白翎上車。可是缺了老學究，老大跟我，以及拼命三郎三人就玩不成，便坐在客廳裏窮聊，話題自然扯到白翎身上。原來她在臺灣的時候，跟趙老大是鄰居；並且從小就是一個性格開朗的女孩子，長得俏麗可愛，有一副高高挺挺的身材；祇是對讀書沒興趣，功課方面也就平平庸庸。在她來說，能混到大學畢業，已經心滿意足，不願再前進一步。至於出國留學，更是想都不去想。她的父母卻一直望女成鳳，他們見女兒長得那般漂亮，就認為一定十分聰明，到美國拿個博士學位，如同探囊取物。

他們為了達成這個願望，寧肯自己省吃儉用，也要送白翎來美國鍍金。以致白翎雖打心眼裏不願讀書，終究扭不過父母的意思，飄洋過海來到新大陸。無奈在這兒上大學，不是光靠混混就可以過關的；因而她那個碩士學位，整整熬了四年才拿到手。但那段漫長時間，也把她熬得筋疲力盡，怎樣也不肯去攻博士那道門檻。偏偏又不能跟父母說明，就不聲不響來個吃胡塗粥的方式，一面找事情做，按月寄點美金回去，使老爹老媽不曉得她在搞甚麼名堂。不過白翎一到工作崗位上，就選對了路，表現出商業方面才華，薪水不停做三級跳般躍升。

直到如今，白翎的父母雖仍然弄不清楚女兒拿沒拿到博士學位；但見白翎寄回去的美金一天天的增加，也感到十分安慰；對女兒的終身大事，便關心起來。除了用緊迫釘人的信件督促白翎外，由於老大又與白翎同住密歇根附近，老兩口就把這樁任務交給老大夫婦，要他們幫白翎物色一位金龜婿。雖說以白翎的條件，找對象不會十分困難；怎奈她的個子高，長得又嬌俏佻達，致使許多男生自慚形穢。同時她的工作又忙，即使碰到一兩個合適的人選；

由於沒有時間交往，日子一久，也就斷了。

老大自從接受白翎父母委託的重責，便把拼命三郎列入考慮；這對拼命三郎而言，就像紅頭蒼蠅掉進蜜罐裏，樂得不知道姓什麼。可是等老大介紹兩人見面時，馬上就被白翎篩掉了，理由是拼命三郎這人不可靠。而照我的看法，拼命三郎配白翎！也不算辱沒了她；祇是拼命三郎年紀比較輕，做事有點冒失，顯得不夠穩重。

於是老大也責怪拼命三郎，剛才為什麼不搶先去送白翎，追女朋友失敗一次就打退堂鼓，算什麼男子漢大丈夫。如果他肯在白翎身上下工夫，還是有希望。因為白翎現在心裏空虛的很，很容易成功。現在被老學究橫裏插上一腳，事情就難辦了；不過老大下了一個結論，老學究想追白翎，像癩蛤蟆想吃天鵝肉，不僅天鵝肉吃不到；可能連摸一下天鵝毛的機會都沒有。

老大這一番話，果然把拼命三郎的勇氣鼓舞起來；當場便意志昂揚的，要衝鋒陷陣一般。

三

直到門外傳來煞車聲，我們的談話才告一段落。老大打開門，便見老學究漾著一臉興奮，昂首闊步的走進來。老大對白翎雖然十分關切，也不過略為問了幾句，知道她已經安全到達，也就放心了；大家連忙披掛上陣。倒是老學究依然興高彩烈的絮叨個沒完，他特別告訴大家，在到了白翎的住處後，白翎曾親自燒水給他沖了一杯咖啡；使他回來的時侯，一路都十分溫暖。拼命三郎卻一旁酸溜溜的潑了他一頭冷水：

「你是豬八戒把人參果當小孩子玩，在耍寶吧！」

以後我對白翎也關心起來，覺得像她那樣漂亮可愛的女孩子，實在應該有一個美滿的歸宿，希望有機會能幫她找個合適的人選。這一關心，有關她的消息就從四方八面斷斷續續傳來。據老大告訴我，拼命三郎已改變過去那種意興闌珊的態度，真的拿出拼命精神向白翎衝刺，照他側面觀察，情況大有可為；那杯喜酒指日可待。

還有一個消息，說她跟一個美裔華僑過從甚密；那個華僑很有錢，經常開著凱德拉克大型豪華轎車載她出去兜風。另有一個說法，那個人根本不是華僑，是一個標準的黃髮碧眼美國佬。對這兩種說法我都沒做特別反應，管他是中國人，還是美國人，選對象的是白翎，只要她看對眼就好。再說社會也越來越開放，中國女孩子嫁外國人，已經屢見不鮮，且大多數極為幸福；祇要白翎不再孤孤單單的吊在半空盪，就比什麼都好。

這樣過了一年多，白翎雖仍喜訊頻傳，但到最後，依舊是一陣西風，落得個冷冷、清清、淒淒、慘慘、戚戚。什麼拼命三郎、華僑、美國佬，都像風影兒般從她身旁一掠而過。她身邊照舊空蕩蕩的；而沒有綠葉襯托，可是過了沒有多久，我卻突然接到老大一通電話：

「告訴你個消息，馮鋏，白翎要結婚了。」

「啊！是真的還是假的？」我十分意外的問：「不是所有的線都放風箏了嗎？從那裏又冒出來的？」

「這回是真的，連請客的時間都定了。嗨！白翎能結婚，我肩上這付擔子也算放下了。」老大在電話中輕鬆的嘆口氣，接著又故意賣了一句關子：「你猜一下，對方會是誰？相信你絕對猜不到！」

「我認識嗎？」

「當然認識！」

「老學究！」我在腦子裏打個轉。

「對對！老馮！你真行！你怎麼會想到他。大家都認為白翎嫁給老學究，是出乎意外的事。」

「你在電話中已經明明白白告訴我了嘛！在我認識的人當中，只有拼命三郎跟老學究能夠扯上點瓜葛。如果是三郎，我不會等到他們一切都決定了，還蒙在鼓裏。再講，你說我絕對猜不到是誰；那就等於告訴我，這個人選只能往不可能的人身上猜。我們不是都覺得老學究追白翎，是癩蛤蟆想吃天鵝肉嗎？那就是他沒有錯。何況老學究那人做事，一向都表面不動聲色，暗裏卻進行得十分積極。那麼在拼命三郎等人都打退堂鼓的時候，他正可以乘虛而入。」

「有理！有理！那就去熱鬧熱鬧吧。」

「人家沒請我，我去幹什麼。我跟白翎不過一面之緣，跟老學究也沒有什麼交情，知道他們不會邀我。」

「他們也沒有正式發帖子，祇不過電話邀了邀。白翎曾特別提到你，要我約你一道去參加。聽說他們準備了兩桌酒席，去參加的人，可能還不到兩桌，所以你一定要去捧場。雖然在國外結婚，簡單一點比較好，可也不能簡單得冷冷清清；如果那天到的人多一點，熱熱鬧鬧的，也可以使他們的婚禮增加一點喜氣。」

經老大這樣一講，我就不好意思堅拒了。別說我跟老學究及白翎兩人都認識，雖沒被正式邀請，走一趟也無傷大雅；同時還可以藉機會跟朋友們見見面。在海外的中國人，平時各忙各的工作，很難大家聚在一起；於是這種喜慶宴會，倒成了大夥見面的場所。

他倆的婚禮是在當地一所天主教堂舉行，那天新娘化裝得很出色，穿著白色高跟鞋，披著白紗，渾身上下閃著白晶晶的光彩；柔細的臉蛋上，淡淡的塗了一層胭脂，益顯得儀態萬千。老學究也刻意的裝扮一番，新理個髮，穿著一套新西裝，腳上的皮鞋擦得烏光油亮，臉上一直掛著如同中了大獎般的興奮笑容；見了來賓，高興得猛握手。可是他與白翎往一起一站時，跟他那位穿著三寸高跟鞋的新夫人一比，就整整矮了一個頭。

婚禮完畢後，白翎見到我時，十分大方的伸手跟我握握，並花枝亂顫般對我嬌笑道：

「非常歡迎你來參加我們的婚禮，馮先生。」

「想來沾你們一點喜氣呀！」

「我知道你一定會來。」她的笑容又在臉上一閃：「本來照我的意思，想多邀幾個朋友來參加，可是才全覺得越簡單越好，因此便沒驚動太多的親友。並且有些朋友也不便親自出面邀，免得邀了這位，不邀那位；或該邀的沒邀；不該邀的卻邀了，弄得大家不好意思。所以才把這方面的事交給趙大哥，讓他全權處理。」

「看你臉上笑得那個樣子，一定樂得連姓什麼都忘了吧？」我望著她打趣的笑道。

「我想倒不至於那麼昏頭。」

「有什麼感想呢？談談你的感想好嗎？」

「有什麼好想的！」她手掌向上朝外一翻：「人總是要結婚的，就像趙大哥講的，水仙不開花，就是裝蒜，本來水仙是可以不開花的，並也沒有什麼不好；可是人們硬說是裝蒜，那就難過了，所以不想開也不成。如果我是一棵水仙，不開花，成嗎？」

一見她的語氣中有一股激忿，我總不能在她的婚禮上引發她的不快，連忙把話轉開：

「今晚鬧洞房的時侯，你準備了什麼節目？」

「鬧什麼洞房！有什麼好鬧的？」

「怎麼不鬧？越鬧才越發。我問你！今晚是準備唱全部『紅鸞禧』？還是專唱『棒打薄情郎』那一段？」

「你胡扯什麼？」白翎笑著啐道：「看樣子我從今天以後，我不會再有機會唱京劇了。」

「為什麼會沒有機會？」

「你想老學究那樣古板，會讓我唱嗎？」

「我想他是鐵路的警察，管不了這一段。」

「人家已經表明態度了。」

「聽說唱京戲的人都有癮，你能忍得住嗎？」

「忍不住也得忍哪！」她嘴角綻出一個自我解嘲的笑容：「連人家都是人家的了，不聽管，行嗎？接著又把嘴向老學究的背影一努：「看到了沒有？多神氣啊！」

我一萬個沒有想到，白翎在結婚的日子，火氣還那麼大，便趕緊閉住嘴，不吐一個字。

「喂！喂！」老學究突然走到我身邊，伸手拉拉我。

「什麼？」我以為他有事情。

「你先別講話，讓我先向大家講幾句。」接著他一本正經的把兩手伸到空中宣佈道：

「各位來賓，我在這裏先向各位打個招呼：等我跟白翎渡蜜月回來，請各位到我家裏玩；今天在場的人，全部都要到。我還告訴各位一個祕密，白翎對燒菜，還真有兩把刷子喲。不信各位到時候來吃吃看，一定是生平難得一嚐的美味。」

「你別胡說了！」白翎嬌嗔的推他一把。

然而推出來的，卻是一陣得意的大笑。

哈！哈！哈！哈！

四

老學究的支票開出後，就變成空頭支票，不知是他把那件事忘了？還是當初不過說說而已，始終沒有兌現。大家誰也不會計較那一餐吃的，日子久了也就過去。祇是老學究跟白翎結婚後，連他們夫婦的消息都難聽到；其實那也難怪，單身男女的生活，即使活動面再小，總保存著一股鮮勁；就憑那股鮮勁，便可以引發別人嗅嗅聞聞的興趣。如同水仙不開花般光這個「裝蒜」的問題，就值得研究推敲一番。而「開花」卻是理所當然，用不著大驚小怪。也就是說他們在結婚之後，生活變得正常而有規律，按時上下班；不上班的時候，就老老實實呆在家裏，沒有特別的事故值得宣揚。唯一和白翎保持密切聯繫的人，只有趙老大，這固然是基於他們兩家不平凡的交情。不過據趙老大說，白翎婚後的生活還算美滿，她也算得上一個賢慧的家庭主婦；使我在心頭，對她致上遙遠的祝福。

就在那年冬天，我決定回國定居一段時間，行前僅跟幾個要好的朋友打聲招呼；並祇接受老大一家的餞行，對其他的盛情一概婉謝。

那知老大得到消息後的第三天，給我打個電話。

他劈頭告訴我說：

「喂！馮鋏！我把你出賣了。」

「什麼？」我先是一愣，趕緊問：「出賣我什麼？」

「我把你這個人賣給別人。」

「你說清楚點好嗎？」我雖然知道他是開玩笑，心頭卻不由己的著急：「怎麼個賣法？」

「哈哈！你別緊張，好像你真值多少錢似的。告訴你吧，我把你賣給了老學究夫婦。事情是這樣的，我們不是已經決定禮拜六晚上在我家吃飯嗎？我便打電話給白翎，那知白翎一聽，便要求我把這份權利轉讓給他們。沒經過你的同意，我本來不肯答應，推說所有的客人已經通知了，無法改變。她又來個客人也全部轉讓的要求，並且不論識與不識，照單全收。還開玩笑的說，這種又省錢又省事的好事，我何樂而不為。你看！我怎麼辦？我再遲疑的時候，她竟在電話裏對我撒起嬌來。罷罷罷，做個順水人情，賣了也罷！反正主客不是我，這一筆賬也不會記到我頭上。」

「喂！不行啊！不行啊！那就全部取消算了。」

「不成也得成！人家已經開始準備了。」

「怎麼可以霸王硬上弓呢？」老大那樣一講，我知道不答應也不成，便又笑著問他：

「你在電話中有沒有跟老學究講話？他怎麼說呢？」

「你放心了！老學究現在乖的很，全聽白翎的。那就這樣講定了！你還不曉得他們的住址吧？那你禮拜六下午先到我這裏，我倆一道去。」

「好吧！」我除了答應；別無他法。

到了禮拜六那天，我提早兩個鐘頭出發。到了趙老大那裏再折騰一會，趕到老學究家裏的時侯，恰好是六點半鐘。他們兩夫妻都在門口歡迎我們，老學究的樣子沒有多大改變，祇是比過去更胖了。白翎迎向我們的，卻是一個挺得高高的大肚子和一臉愉快的笑容。

她一見我，便笑容可掬的說：

「不介意吧？我們使你強迫中獎。」

「我不是用行動證明了，要是介意，還會來嗎？」

「我就知道你不是那種斤斤計較的人；我本來準備親自給你打電話，可是事情一忙，就昏了頭。還記得吧？我們第一次見面時候，是在趙大哥家裏吃火鍋。今天我也沒有弄什麼菜，祇準備了一個大火鍋。」

「火鍋就比什麼都好。天冷，稀哩嘩啦吃下去，便會渾身都冒熱氣，又營養，又溫暖。」

「我就欣賞你這種爽快勁。」

「你們這棟房子，住著一定很舒服吧？」我指指他們門前那片大草坪，從來到這兒，我就注意到他們這棟漂亮的住宅了。除了四周的環境開闊，秩序井然，屋裏的面積也很大；一共有六七個房間，三個大小廳，另外還有一個地下室。像這般大的地面，由他們夫婦兩人住，就是躺到地上打滾，也要滾上半天。

「你聽說過沒有？」她又望著我嫣然一笑：「有人說我嫁老學究，就是看在這棟房子的分上。」

「你自己覺得呢？」

「你想我是那種人嗎？」

「那就管它去，別人要講，你也不能摀住他們的嘴。不論什麼事情，想要別人不講話，是千難萬難的。」

「可是也夠煩惱的了。」

「我告訴你一個方法！白翎。以後碰到這種惱人的事，你就張臂大笑兩聲，就會天下太平。」

「我不相信什麼事情，你都能一笑就天下太平！要是那樣，人間就不會有『煩惱』這個名詞了。」她無限懊惱的搖搖頭，又淡淡一笑把它拭去。

「當然也有笑不出來的時侯。」

「那不就得了！」她又一笑的揮揮手。

白翎的火鍋準備得很豐富，另外備了幾樣小菜，做為下酒用。可是我們那一群饞虫確夠厲害，居然把幾座小山般的東西，掃得精光。最後留在鍋底的，是幾塊大塊的雞腿肉，在菜湯中悠悠棿棿的轉動。大概老學究覺得那些東西丟掉可惜，所以大家都離開餐桌後，他儿自一個人獨踞桌邊，在撈撈夾夾的收拾殘局。

當大家進入跟餐廳相連的小廳時，就有人叫道：「白翎！來一段吧！」

「你們饒了我吧。」她連忙向那人作揖的笑道：「看我這個樣子，還能來一段嗎？」

「不成！你今天是主人哪，主人就要使客人盡歡。」

「那不是使我為難嗎？我早說過，我不會再唱了。」

「今天例外。」

「不！絕對不！」她堅決的搖搖頭：「你們提別的要求，什麼都可以，唱京戲絕不可能。」

「你別怕老學究，白翎，他今天不敢講話。」

「這樣吧！」她用商量的口吻問道：「我用崑曲的唱腔，唸一首『古樹、枯籐、昏鴉』的曲子給大家聽。」

「好吧！」我連忙給她找個下臺的機會。

於是她便用無限蒼涼的腔調，緩緩的唸了出來：

古樹、枯籐、昏鴉。

小橋、流水、平沙。

古道、西風，瘦馬。

斷腸人，在天涯。

當她唸完時，一陣熱烈的掌聲也隨之而起。

「好！好！」

可是我發覺她唸到「斷腸人，在天涯」時，眼中閃著淚光。

老學究猶在啃他的雞腿，對白翎那段珠圓玉潤的聲音跟那些熱烈掌聲；好像充耳不聞。

這時有一位老兄走到他身邊，對他推了一把說：

「叫好呀！老學究。」

「叫什麼『好』啊？」

「你沒聽到嗎？白翎剛才唸的『天淨沙』多美。」

「聽到了！聽到了！我叫！我叫！」

接著老學究鼓了鼓腮幫子，想把滿嘴的雞肉用力吞下去。無奈他嘴裏塞的雞肉太多，一時無法全部嚥完。便又鼓鼓嘴唇模糊的叫了兩聲，但那聲音卻是：

「喔！喔！」然後又連打了兩個飽嗝，把筷子上夾的那半塊雞腿，迫不及待的塞進嘴裏。

我由於兩天後就要啟程，有許多事情尚待料理，便及早告辭先走。白翎便拿出一個包紮好的包裹，要我回國的時候，順便帶給她父母。那時其他人都另有節目，連老學究也上場了，因此出來送我的，只有白翎一人。

「謝謝你呀，白翎。今晚準備那麼多的菜。」走出她家門口時，我站住對她說。

「也謝謝你今晚的光臨。」白翎伸手跟我握手。

「再見了！白翎。快點進去吧！天氣太冷，小心感冒著。」我把白翎的手握了一下就放開。

「後天我們可能不去送機了。」

「不用送！祝你珍重啊！白翎。」

「也祝你一路順風。」

「那我走了！」我向她揮揮手，提著包裹向汽車走去。突然我又轉回身，因為我發覺應該問問她，有沒有什麼話帶給她父母：「對了！白翎！我還忘記一件事，你有沒有話，要我轉告你爸爸媽媽的？」

其時她正要進門，聞聲轉回頭說：「那你就告訴我爸爸媽媽，說我……」她吞吐了半天，突然一聲嘆：「好了！也沒有什麼好講的，你就說我在這裏生活得很好就成了！」可是她說這話的時候，臉上泛著一臉陰鬱。

我不便再問下去，正回身要走時，就在這時她驀地抬手，一抹鬢邊的散髮，臉色又變得無限開朗。

「你好像生活得很開心的？」為了她剛才臉上那層陰鬱，我期望能打開她的心結，便沒話找話的說。

「是嗎？」她粲然一笑。

「看你笑的！」

「不笑又能怎樣？一個女人結了婚，又懷了孩子，總不能整天愁眉苦臉的過日子，笑，不是自我安慰的最好法子嗎？」

蟒神廟

一

三絃和二胡停了後，站在臺上賣唱那個大妞兒，也對臺下福了福，拖著條烏光水滑的大辮子，掀開藍布門簾走進後臺。臺上只撇下一個放在三腳架上的小鼓，和一張舊椅子。坐在一旁那個可以用腳踏著三絃，腿腕夾著二胡，兩手左右拉彈的瞎眼琴師，也暫時放下手裡的樂器，趁著空檔點起一桿旱煙來。

書院是一幢長方形的大房子，在三九天的氣候，只零星的坐著三五十個人。地凍得像冰塊，冷得人直跺腳，窗口上搭著厚厚的暖簾子，仍擋不住像箭頭般的寒風，颼啊，颼啊，直往人叢裡鑽。放在兩邊牆腳下的幾個大火盆，火焰漸漸熄下去，只剩一堆白灰灰。人們還是拼命往火盆圍遭擠，雙手伸到火盆上，烤取從灰燼上散出來的一點暖氣。沒有幾個人拍巴掌，頭頂上的煙氣結成一層霧。賣零食的小販在人叢中穿梭般來往，鞠躬哈腰的把花生、瓜子、山藥豆和糖球兒，硬往聽書人的手裡塞。大家嗑著瓜子，評頭論足的話也就更多了。

沈大龍偷偷拉我一把，說聲「走！」，便從旁邊那個側門溜出去，再向右一轉，就到了書院的後身。他把手在門上敲敲，門便吱呀一聲打開了。

「沈隊長啊，快進來坐吧。」

開門的人，就是剛才說「豬八戒高老莊招親」那段書詞的大妞兒。粉白的臉蛋兒，在燈光的映照下，白得像雪片一般，兩道彎彎的長眉毛，細溜溜的一直伸到鬢邊上。那個菱形的小嘴唇，猩紅猩紅的。

「好冷的天啊，凍得俺像個沒窩的兔子，只有往這裡鑽。」沈大龍一手拉著我，沒頭沒腦就鑽到門裡面。

房子裡空蕩蕩的，一邊廂放著一張白木大方桌，周遭兒放著幾張空椅子。一邊廂放著一個梳粧檯，上面鑲著個圓圓的大鏡子，檯面上零零星星擺了些胭脂粉兒的。地面上生著一個熊熊的大火爐，把屋子烤得像春天。

大妞兒關上門，轉回身來對沈大龍說：

「今晚你能來捧場，真給俺光彩。」

「俺今晚一來給你捧場，二來給你介紹個朋友。」

大妞兒飛紅了臉，瞪著大眼朝我身上轉了兩眼；她的樣子大概不到二十歲，嫩得像一顆剛剛熟透的鮮桃子。

「人家也是個隊長哩，不過人家比俺強多了，書唸了有一籮筐。拿起筆來又能寫詩，又能做文章。你不是也唸過書嗎？你們是天生一對呢。」

「我才唸了幾天書，怎能和人家一個隊長比。」

「那也比俺強，俺這個名字還是當兵以後才學會寫的。俺就是能打仗，俺一口氣砍死過十六個鬼子兵。你聽俺說過沒有。俺那個大刀隊，每人一把鬼頭刀，背厚刃薄的，刀把上繫著一塊紅綢布，斜背在脊樑上。衝鋒到一起的時候，俺那把大刀就這麼一拉。」沈大龍把手一比劃，蹲出個騎馬式：「就拉出刀鞘了，把鬼子的頭砍得像切菜，滾在地上還口口聲聲討饒呢。俺準備請俺老弟給俺編一個書詞兒，請你來說呢。」

「俺已經聽你說過一百遍了。」

「哈哈，你真會說巧話兒，俺的事情你什麼都知道，是不是姐姐告訴你的？」

「我姐姐才不告訴我這些事。」

「你真出息了，剛才在臺上的時候，大家都喊『好』哩。再混個幾年，比姐姐都紅了。」

「都是你們捧的。」

「姐姐呢？」

「她到臺上了。」

「她不知道俺來了。」

「她說完這段，我就去替她。」

「那就不要了，俺還是先給你們介紹吧。這位是銀花姑娘，百花園書社的臺柱，紅遍半個天了。這位是張嵐峰隊長——俺的小老弟，俺敢給你保一百個險，張隊長是個天底下難找的大好人，妳能認識他，真是有福了。」

「以後請張隊長多多捧場啊。」銀花衝著我展顏的一笑，露出一排雪白的細牙齒。

我不好意思說什麼，其實我早就知道，沈大龍在城裡有一個相好的。他今晚約我到城裡，只說帶我去看一個說書的姐兒。我以為只在書院裡聽聽就算了，沒想到會來這一套。我朝銀花仔細的看一眼，她耳朵上戴著一付金絲鑲綠玉的長長耳墜子，直垂到兩個腮幫子上，映著燈光晃呀晃呀的。把一個細嫩的臉蛋兒，映出幾分嬌媚。

「那還用說嘛。」沈大龍代替我回答：「俺今晚帶俺老弟到這裡，就是叫你倆認識認識，熱絡熱絡感情。以後他要敢不來，俺拖也把他拖來了。」

「我要說的不好，可要包涵哪。」

「別裝奴家了，真的假不了，假的真不了。聽那麼多人拍巴掌，你自己心裡早就有數了。」沈大龍說話就那麼直，還夾著大聲的哈哈。

「我才學了沒有多久呢？」

「好就是好，跟學多久有甚麼關係？看把個小臉蛋紅的，像顆剛熟透的鮮桃子。」沈大龍的話說得那小妮子把頭都低下了，樣子像要躲，卻又眼睛偷偷的往外斜。沈大龍又爽朗一聲笑，轉臉對我說：「我說老弟，要吃，就快摘呀，剛熟透的桃子最鮮了。不能等熟得掉到地上再去揀。」

「你就沒有別話好說了？」我回他一句。

「好好！不說了，這樣總可以了吧？先去弄點酒菜來，大家好好吃兩杯。人家可是讀書出身的，你看多文雅，你要好好招待著，自會有好處。」

沈大龍說著又把我猛一拉，往椅子上一按：「你也坐下呀，老弟。拿出點男人的氣概來，別臉皮那麼嫩。」

二

銀花打發人去買酒菜回來，要坐不坐的猶豫一下，最後還是挪挪身子在火盆旁邊的凳子上坐下。拿起插在火盆的火鉗子，慢條斯理撥著火。那隻嫩嫩的小手兒，尖尖地，又細又長，把盆子裡炭火撥得一爆一爆的。沈大龍用眼睛盯著她看，一時羞得她低下頭。那個白白的臉蛋上又飛起一抹紅雲。這時我才把她看個仔細，一道齊眉的長瀏海，梳得勻勻整整的；掩在那排黑絲絨般睫毛下面的大眼睛，眨呀眨呀直出神。

沈大龍望著我和銀花兩人笑。我也在打量銀花的模樣。銀花發覺我在看她，把頭垂得更低了。半天沒有人開口，只有前臺的三絃和二胡在吱格吱格響，說書的人軟柔柔的細嗓門，隨著崩啊崩啊的鼓點兒，緊一陣、慢一陣，從掛著藍布門簾的過道上傳過來，說的是「程咬金搬兵救駕」。沈大龍拉拉銀花的大辮子，卻被她一扭身體甩開了。

「我要告訴姐姐了。」

「快有主了，還那麼做作。」

「狼怎麼沒有吃掉你。」銀花的臉變成桃花色，咬牙切齒的恨恨說。

「那裡有狼？」

「聽說你們來的那條路上就有，很多人都見到過，大家夜裡都不敢走那條路。」

「俺怎麼沒碰到。」

「你要碰上，早就沒命了。」

「哈哈！牠想吃俺呀，還得較量較量。」沈大龍笑得震耳響，抬起大手拍著胸口說。

沈大龍那隻大手慢慢抬起來，又慢慢放下去，拍在胸膛上，好像全身都震動。手背上長著一片大黑毛，把手背遮得黑乎乎的。兩個寬肩膀，又厚、又壯，橫著向兩邊聳出去，活像油坊裡壓油那個大木榨。他的腦袋剃得光光的，被油燈一照，亮堂堂的晃眼睛。那個方方正正的額，平得像鏡子，一個摺兒都不打。下巴頦也是方方的，緊閉著的大嘴，嘴角好像扭著幾道陣；當他張開時，闊得可以伸進一個大拳頭。嘴巴的周圍，是一臉黑乎乎的的絡腮鬍；青青的鬍碴子，順著兩腮往上伸，一直伸到脖梗子後面，把個臉腮蔓延得像一片茅草，那兩道黑眉毛，像兩塊大墨漬糊在眼睛上，把眼皮壓得搭拉著，永遠都張不開似的。特別出奇的，是他那高鼻樑，就像個丘陵般平地隆起在兩眼之間，把兩條眉毛隔得分分明明，上面直通天靈蓋，下面壓到嘴巴上。渾身那股勁頭兒，我不知道他敢不敢跟狼較量。不過他的話，也不是吹的，我曾經親眼見他把一疊摞在一起的八個大方磚，只輕輕用手往上面一劈，便齊腰兒一齊斷到底。磚身卻連動都不動。因此大家都說他像一頭熊。

弟兄們都背地喊他黑瞎子，他也知道別人送他那麼個外號，卻絲毫不在乎。偶而聽到了，便哈哈笑一聲，不認為那個外號會侮辱他。他家裡本來窮，從小就沒過一天好日子；他的名字叫做沈大龍，是因為他的乳名叫「龍」。他父親給他起那麼個名字，是希望他長大了能夠像條龍。可是打從十五歲那年起，便像一頭熊似的到處打野食，饑一頓、飽一頓，把身體磨鍊得像鐵一樣。起先他在一個煤礦裡挖煤炭，後來鬼子來了，佔了煤礦。他看不慣鬼子那種趾高氣揚唯我獨尊的樣子，暗地裡宰了兩個。礦場裡混不下去，遠走高飛到大連，仗著身體底子好，本錢足，到碼頭上做裝卸工人。無奈他天性好打抱不平，沒有幾個月，又跟鬼子鬧翻了，領著工人打傷了好幾個鬼子。所有鬧事的人，全都捉起來往牢裡送。他卻在押送的路上，把押送的兩個鬼子兵幹掉了；奪了兩枝三八式，帶著幾個患難朋友，到吉林投奔一個叫活閻羅的紅鬍子，想在他的手底下當馬賊。

活閻羅見他塊頭大、機警、靈敏，提升他做親近的扈從，朝夕不離身。教給他騎馬、打槍、耍大刀、國術——他現在這身本領，就是那時候學會的。後來不知道怎麼回事，他跟活閻羅的女兒吊上膀子，愛得難分難捨的。被活閻羅曉得了，聲稱要活剝他的皮。他便帶著原來帶去那幾個伙伴兒，拐著活閻羅的女兒，一起私奔了。可憐那朵嫩嫩的花朵兒，從小嬌生慣養的，那裡經得起風裡、雨裡，沒朝沒夕的奔走；又怕連累到她的情人，半夜偷偷吊死在樹林裡。誰說英雄不落淚，沈大龍那麼個堂堂男子漢，竟哭得像個淚人兒，發誓終身不娶了。所以他現在雖跟女人一起混，卻不做結婚的打算。

離開活閻羅，他便自己闖天下。靠著從活閻羅那裡帶出來的幾枝槍和幾把鬼頭刀，專門和鬼子做對。闖蕩了兩三年，手底下也有了三十幾個人。

那時節我們部隊在長白山區打游擊，跟他碰上了。見他是個鐵錚錚的漢子，人也很能幹，便勸他改邪歸正。他也知道那樣混下去，不是長久之計，便答應在我們部隊當一名排長，率領著原班人馬。他果然不愧是綠林出身的好漢，有一次鬼子出來掃蕩時，他帶著那個排埋伏在山腳下，等鬼子接近時，便一湧的衝上去；連槍都不用，只一陣鬼頭刀，把鬼子當場砍翻二三十個。嚇得其餘的鬼子沒命的跑，把搶去的糧食、牲口，全都奪下來。他也因功升了隊長。現在他那個隊，還是每人一把鬼頭刀，擦得明晃晃的耀眼睛；因此他那個隊，又有一個名子，叫做大刀隊。

三

沽酒的人很快就回來了，是一個十二三歲的毛孩子，手裡端著一個木托盤，上面放著一大瓶白乾，兩大盤滷牛肉和豬蹄凍，外加一隻大燒雞。

沈大龍朝托盤瞧一眼，便又開腔了：

「這點酒給俺漱口呢？還是潤喉嚨？」

「我喝不了多少。」對於酒，我一向沒有興趣。

「俺一個人就得三瓶，去去。」他一手接過托盤，又對那孩子揮手道：「再送三瓶來。」

「我一點都不喝。」銀花倒著酒說。

「大家都要喝一點，你今天跟張隊長剛認識，你總得給張隊長敬上三杯呀。」

「我可沒有那個量。」我急忙表態。

「醉了不要緊，可以跟銀花一道睡。」

「還沒有喝醉，就說醉話了。」銀花嬌嗔的紅著臉說。

「和你一個炕睡覺怕什麼，大驚小怪的，他是個老實人，又不會吃掉你。」

「我要走了。」銀花半裝生氣半嗔的說。

「別那麼小家子氣。」沈大龍伸手拉住她。「人家那麼遠來看你，你好意思走開了，來！大家一起乾。」他先把杯子拿起來，一仰脖差一點連杯子吞下去。

「我們隨意好了，銀花小姐。」我見銀花為難的樣子，不好意思勉其所難。

「你們應該連乾三杯才夠意思。」

「我們就連吃三口吧。」

「哈哈！老弟，怎麼老講那種沒有出息的話。你不要信銀花的話，她是忸忸怩怩裝奴家。你先乾下去，她要是不肯喝，俺卡著脖子給她灌下去。」

「這是我和銀花小姐的事，你不要管。」

「噢！還沒有過河，就想拆橋了。我這個媒人做成了，還等你的謝媒大禮呢。來！乾！一定要把這杯乾下去。」沈大龍拿著杯子送到我面前。

我只有鼓鼓勁，把那杯酒喝掉。

沈大龍又把我那個杯子倒滿酒，對銀花說：

「輪到你了，還要裝腔嗎？」

「讓我慢慢喝。」銀花接過杯子去。

「不成，一口乾下去。」

「我會醉的。」

「人家乾了你不乾，怎麼夠意思。」

「慢慢喝就慢慢喝吧。」我見沈大龍逼得銀花有些過分，便替她打圓場。「空心頭吃酒會醉的，先吃點東西墊墊吧。」我夾了筷子牛肉給她送過去。

「哈哈！還是俺老弟行，懂得憐香惜玉，憑這一點就能打動銀花的心。俺是太粗了，不懂這一套。對的，吃點東西墊墊是真的。老弟，你來個雞腿吧。」沈大龍說著便撕下一隻雞腿遞過來，自己則撕下另一隻；往口裡一送一轉動，上面的肉便去了半拉子。

「這個雞腿也送你。」我對銀花說。

「你自己吃吧。」

「我吃個雞翅膀，啃著有味道。」

「看人家對你多好，還不乾了它。」

銀花只一絲一絲喝著酒，嘴唇張開沒有半指寬，兩個尖尖的手指捏著那個細瓷的小酒杯，輕巧得像個張著翅膀想飛的麻雀兒。杯子碰到嘴唇上，只輕輕的抿一下；喝著沒喝著，也沒有人知道。只是抿了大半天，杯子淺下去沒有一寸深，那個小臉蛋，已經紅透了。

沈大龍還在不停的催，可是銀花趁他轉頭的當兒，飛快的把酒杯遞給我；我一口就給她喝乾了

四

通往前臺小門上的藍布門簾掀開了，走進一個兩鬢上挽著兩個對髻兒的小娘們。一只赤金點翠的月牙釧，斜別在頭頂上，前面垂著一大排長長的金穗子。身上穿著一件紅綾子對襟小棉襖，外罩一件灰鼠皮裡黑緞面子的坎肩兒。腰兒細細的，下面是條墨綠的窄綢褲。腳上那雙繡花大紅鞋，繡的是鳳凰單展翅。走路時候腰身扭扭的。模樣也和銀花差不多，只是缺了未婚少女那股清純。一雙桃花眼，妖妖嬈嬈的，看人一眼，準叫人渾身都發毛。

「金花，過來坐在這裡。」沈大龍拍拍大腿。

「有客在這裡，你還亂講話。」

「沒有關係了，俺倆準備做連襟。」他不管那女的願不願意，一把拖過來，按到他的膝蓋上，接著對我說：「你不認識吧？她是銀花的姐姐，名子叫金花。」

一經沈大龍一提金花的名子，我就曉得了。他是在半年以前在這個書院見到的，花了一百五十塊大頭給她梳了頭，兩人就來來往往沒斷過，每月給她十塊大頭過生活，得閑就來宿一宵。我也曾經勸過沈大龍，既然喜歡她，就討回來算了，正正經經過日子。別那麼倒三不著兩，花了錢糟蹋身子。可是他不肯。他說有錢的大爺，就喜歡那個調調兒。

「為什麼好幾天不來了？」金花用手勾著沈大龍的脖梗子，親親熱熱把嘴貼到他耳朵上咬一口。

「想俺了？」

「一天念你好幾遍呢。」

「都想俺什麼？」

「什麼都想。」

「是想俺的大洋吧。」沈大龍開心的大笑著，拿起杯子自己喝了一口酒，又送到金花的嘴邊。

「你別那麼沒有良心，我才不是那種人。」金花啜了一口酒，在沈大龍懷裡撒嬌說。

「說正經的吧，到底有什麼事？」

「我又做了一件新旗袍。」

「一定又沒有錢拿了。」

「上個月那十塊錢，不到月底就光了。也快過年了，還得給妹妹做件新棉襖。」

「你還真是個好姐姐哩。」

「你可別說那種話，我對妹妹從來沒有刻薄過。」

「妹妹不用你管了，有人照應她。」

「你這是什麼話？我是她姐姐，我不管她，誰管？」金花說得一派正經。

「銀花上場吧。」沈大龍吩咐道：「在前面多說一回兒，俺和你姐姐有話商量呢。」

銀花慢騰騰的站起來，掀開門簾走出去，走到門口又回過頭來溜一眼。那個黑黑的眼珠兒，骨靈靈的轉。黑油油的大辮子，一直拖到大腿上。

銀花的影子不見了，沈大龍才對金花說：

「銀花的事俺給她找了張隊長，這個小老弟，是個規矩的人，書又唸的多，將來一定有出息。」

「那得看銀花的造化了，她的脾氣拗的很。」

「我看銀花沒有問題，已經十八了，不想漢子才怪哩。你沒見她臨走時，還回過頭來飛眼哩。」

「什麼事讓你一說，就成真的了。」

「俺是幹啥子的，什麼事能騙過俺的眼。」

「你們談話，可別把我拉到裡面去。」金花一副撇清的模樣。

「你現在不要叫，等會兒有得你叫的。」

「你胡說什麼？銀花的眼眶子高啊。」金花嬌嗔的打了沈大龍一下。

「你看看俺老弟，人品、學問，那一點配不上她。回頭你再好好的問問她，要成，就揀個好日子；不成也別勉強她，彆彆扭扭也沒有樂趣兒。」

「晚上住在這裡嗎？」

「跟張隊長回去了。」

「天這麼冷，又沒有騎馬。就住這裡多好。我給你燒個熱熱的熱炕頭，暖暖和和的。」

「別說騎馬了，上次在這裡被偷掉那匹馬，現在還沒有找到；俺只有買匹補上去。」

「我不讓你走。」金花撒嬌的說。

「別那麼假惺惺，明天俺著人給你送二十塊大洋來，有了錢，你自然就不會想俺了。你等回兒把銀花問準了，張隊長這個人，一定不會虧待她。」

「又說那種沒良心的話，我幾時忘過你。」

「好好！有了錢，自然就有良心了。不論你怎麼說，俺今天都不能住這裡。銀花說路上有狼，讓俺老弟一個人走回去，要是餵了狼，不把銀花哭死了才怪哩。」他說著拿起一個酒瓶子，對著瓶嘴咕嚕咕嚕就是兩大口，又用筷子把盤子裡的滷牛肉，一齊塞到嘴裡面。

「走了，老弟。」他推開金花站起來。

「明天一定要叫人把錢送來呀。」

「知道了，小姐。」

「要不要和銀花說一聲？」我問他。
「別沒啃到骨頭，便饞得咪咪叫。」

五

拉開大門走出去，寒風像刀子一樣迎面撲過來，順著衣領往脖子裡鑽。豎起大衣的領子，帽子的護耳也拉下來，再用老山羊皮的大風領繞著脖子圍一道；露在外面的，只剩下兩個眼睛了。天空很清朗，沒有半點雲渣兒，星星冷得直發抖。屋頂上的積雪把街道映得亮亮的，那些屋宇的黑影子，和積雪的白影子，一黑一白映得很分明。冷縮過的空氣，透明得好像可以看出來，鞋底上帶著釘子的大皮靴，踏在凝固的雪地上，聲音沙呀沙呀響。我和沈大龍又推開書院的側門走進去，站在邊上聽。

銀花還在說，可是聽的人更少了。她見我們走進去，便朝我們瞟一眼，腔調突然高起來。那個尖尖的細嗓門，好像一下子拔到半天裡，在雲端裡盪漾。面前那個小鼓，還崩啊崩啊敲出一些花點子。

我倆暗暗地向她打個招呼，便退出來。天氣實在太冷了，街道上連個行人都沒有，燈光從紙糊的窗子上面透出來，隱約可聽到裡面的談話聲。守城防的部隊是二大隊，我們到達城門口，城門已經關了。沈大龍是出了名的黑瞎子，全縱隊的人都認識他，又給打開了。

「這麼晚還要回去啊！隊長。」

「不回去大隊長知道了，就有我吃的了。」

「你走了，金花姑娘不寂寞？」

「你們關門這麼早？」沈大龍不正面回答城防士兵的話。

「天冷沒有人走，就早一點關上了。」

「你們這些人，得空就偷懶，要是俺當了你們的隊長，不把你們的屁股打成兩半才怪哩。」

「人家說金花姑娘夜裡罰過你的跪，有沒有這回事？」

「頭上還頂蠟燭哩。」沈大龍笑哈哈的回答。

六

出了城，寒風更兇得像老虎，把地上的碎雪颳得打著旋兒飛起來。路兩邊是一片大樹林，風吹在光禿禿的樹枝上，聲音分外悽厲。一些積在枝椏上的冰雪，隨著風聲跌到地上，會把行人嚇一大跳。路面也被雪漫了，踏到上面一高一低，沈大龍突然問我：

「你看銀花長的怎麼樣？」

「很俊。」

「你喜歡她？」

「這……」

「看你這人，活了二十幾，說到女人就臉紅，我看你是白活了！喜歡就喜歡，男子漢，大丈夫，怕什麼的。」

「我是喜歡，不過……。」

「哈哈！」他把手在我肩上拍拍。「沒想到你還這麼嚕嗦！不過什麼？你說呀？快說；既然喜歡，還有什麼問題？」

「要錢很多吧？」

「兩三百塊大頭就夠了。」

「我到那裡弄那麼多錢。」

「這個不用你發愁，只要你一句話，說聲願意，錢的事俺自然會給你張羅。俺替她姐姐開臉時，是花了一百五十塊。不過那小妞的眼眶子高，差不多的人都看不在她眼裡。從前有個做買賣的大掌櫃的，看上了她，不知託了多少人和她說，出到五百塊大頭，她還連睬都不睬。要是和她能成了，真是緣分了。」

「要花那麼多錢，我怎麼還你。」

「你老弟怎麼也學得像娘們一般？俺要是要你還，還會對你說那種話，俺只是看你夠朋友，才帶你來相相她。」他又一握我的手。

「你那來那麼多錢？」

「你放心，絕不是傷天害理弄來的。」

「讓我想想看。」我確實很喜歡銀花那個小模樣，只是實在沒有那個力量。

「有什麼好想的，一句話，喜歡不喜歡。別吞吞吐吐像個大娘們。金花還得和銀花商量呢，不過我冷眼打量著，那小妞對你也有意思。你沒見我們進門後，她還待在那裡不肯走。要是像過去，我一句話說不對了，甩手就走了。要是兩下都願意，我們便揀個好日子，請上幾個客人，大家喝你杯喜酒。」

「這件事過兩天再說吧。」我心裡猶豫著，雖然覺得她可愛，卻又不願意那樣做：「還是談你吧，我看金花對你還不錯，別再挑盤子剔碗了。」

「俺不是跟你說過了，已經發誓不討老婆了，不能說話不算數。」然後他又長長的嘆口氣說：「再說金花也不是那種過日子的女人，唉！這女人！有時候我真拿她沒辦法。還是活閻羅的女兒小鳳好，乖得像一個小綿羊，俺說什麼，她就聽什麼；俺一輩子都忘不了她。」

他說著豆大的淚珠便從眼內流出來。

「過去的事，何必傷心呢。」

「俺要是討到那個小女人，一輩子也足了。」

「你離開吉林後，活閻羅沒有再找你嗎？」

「他出兩萬塊大頭的獎金捉俺呢，不過俺從來不跟他對陣，總是躲著他。俺並不是怕他，俺生平怕過誰？是小鳳親口對俺說，無論如何不能傷了她的爹；俺當然要聽她的話。就是她死了，俺也不能把她的話撂到脖子後面不管了。現在俺要是見到活閻羅，不管他認不認，俺都要喊他一聲老丈人，隨他怎樣處分俺。」

說到這裡他突然又嘆口氣，又接著說下去：

「其實也難怪活閻羅恨我，他只有小鳳那個寶貝女兒，愛得什麼似的；被俺吊上了，怎麼能不心痛。聽說他知道小鳳死了後，便一切灰心了，也不再那樣殺人不眨眼了，整天關著門唸佛呢。還聽說他託過人找我，所以我現在去見他，保險沒有事。俺對不起小鳳是真的，前幾年，不管離的多麼遠；到了她的忌日，俺都會到她墳前祭祭她，在那裡陪她兩天。這兩年沒有空，都沒有去看她，只買點紙錢朝著那個方向燒燒就算了。」

「你也算是個多情的漢子啦！」

「什麼情不情啊。是她對俺太好了，俺沒能把她好好帶出來，是俺沒有那個福。」

我見他又揩淚，不便說下去，便又改口說：

「金花有什麼不好？」

「俺總不能討個說書的娘們做老婆。」

「那有什麼關係，只要清白。你這樣每月花錢也不少，和有個家開銷差不多。」

「我倒不管這麼多，留著錢幹什麼？人死了還不是一堆灰？只是，說什麼我絕不能要金花這個說書的。」

「你這樣下去，難保她不二心。」

「她沒有那個膽量，俺會宰了她。」

七

爬上一個大斜坡，接著便是一個向下的大斜坡。前幾天那場雪好大，把路兩邊的水溝，都填得平平的。夜風從沒有遮攔的田野裡颳過來。一起一伏的山峰，都戴著白皚皚的雪帽兒，寒氣好像用鐵錘子都砸不開。

突然一陣沙沙的聲音從雪地上傳過來。

「真的來了呢。」沈大龍撒了一眼說。

「什麼？」

「你看是什麼。」他伸手朝雪地上指指。

我看到那邊的雪地上，有一條蒼灰色像大狗般的野獸，朝我們奔過來。牠豎著兩個大耳朵，昂著頭，拖著一條大尾巴，把身體一湧一湧的奔跑著。
「狼！」我驚叫了一聲。
沈大龍好像沒當做一回事，輕描淡寫的說：
「現在下雪了，牠在別的地方打不到食，只有到路上來攔人。不要理牠，只管走我們的路就成了。」
「牠會不會找上我們？」
「我想牠不敢，牠也怕人哪！」
「走快一點吧。」我有點緊張。碰到這麼個東西，我還不知道怎樣對付牠。
「牠要真上來，那可真是想死不揀好日子了。」沈大龍斜著眼睛望望狼：「牠就是欺軟怕硬的，你不怕牠，牠就怕你了。把你的軍刀拿出來，在地上拖拉著；牠聽到鐵器聲，就不敢靠近了。」
我真的把軍刀從刀鞘裡抽出來，隨手揮動一下子，刀身閃出一片明亮的光，在地上拖得叮叮噹噹響。那頭狼很快便到了我們身邊，碩壯的身體，從頭到尾足足有七八尺，伸著一個尖長的嘴，長著一身大長毛、脖子上圍著一道白圈兒。那條拖在地上的大尾巴，把雪地拖出一條大印子。牠沒有向我們撲過來，在我們十幾步外停住了，瞪著銅鈴般的眼睛，朝我們張望。然後跟在我們一旁走，我們快；牠也快，我們慢；牠也慢。沈大龍看了狼一眼說：

「牠大概真是餓昏了頭，連人都不怕，可見不論人畜，餓了什麼事都能做出來。」

「怎樣才能打到牠。」我覺得牠在旁邊很討厭。

「你現在打不到牠，牠是又奸又滑的，軍刀又稀里嘩啦的。你要慢慢等，等到牠真餓得忍不住，就有機會了。」

那頭狼聽到我們說話，便把眼睛朝我們直轉，好像能聽懂。沈大龍用腳在地上踢一下，踢起一堆雪屑，向牠飛過去。牠向後猛一退躲開，接著又猛一竄，卻攔到路上了。把一口森森的大白牙，磨得格勒格勒響。我被逼得無路可走，把軍刀朝牠揮舞一下。牠向後退兩步，我放下軍刀時，牠又上來了。

「不要怕，只管走你的，用左手劃圈圈。」沈大龍打個招呼：「牠這是嚇唬鄉巴佬，把人嚇慌了，牠才能找到機會。只要你不慌，牠就沒咒唸。」

狼見我劃圈圈，嚇得退了好幾步；見我沒有大本領，又回頭攔上來。撅起牠的大尾巴，在我面前搧幌著；一面用腳趴起陣陣碎雪片，往我身上打，瞇得我連眼睛都睜不開。我伸手撥撥牠的尾巴，硬得像一根木棒子，冷不防在我面前一攪，差一點掃到我眼上。

我只有退後一步讓開牠，無法前進了。

「你到後面來，讓俺來對付那雜種。」沈大龍氣得吆喊著：「不過更要小心了，要有人在你背後拍肩膀，沒有問清楚，千萬別回頭。那是狼在你背後裝人呢，你要一回頭，牠就會咬住你的脖梗子；再一換口，就把喉嚨咬斷了。」他說著便大踏步走上來，把兩隻戴著皮手套的手，用力搓兩下。然後張張肩膀，扭動著胳臂活動活動筋骨，朝著那頭狼一直闖過去。

狼見換了人，往後退一步，對著沈大龍直轉眼珠子，彷彿在端詳他是不是個好惹的人。大概牠覺得沈大龍也沒有什麼了不起，很快又攔上來，重施故技的把尾巴朝他面前翦了翦。沈大龍一閃身體避開了，一個箭步跟著竄上去，趁勢把手一伸，便把狼的尾巴撈住了。那頭狼也是精的不得了，見尾巴被抓住，便回頭朝沈大龍的手上咬去；他連忙撒開手，飛腳向狼頭踢過去。

狼好像也防到這一著，一縱身體竄出去。

「哈哈！」沈大龍笑得像貓頭鷹。

狼好像還不服氣，趁沈大龍大笑的時候，又平地竄起來，齜牙咧嘴朝他撲過來。只見他橫裡一撤身，躲開狼的那一招，右手疾快的抓下去，一下子便抓住狼的脊背毛，另一隻手則搭到牠頸子上，卡著脖子往下按。狼的反應也特別快，把頭一扭，朝他手上就是一口。他收回卡脖子那隻手，握成拳頭向狼頭上猛力的砸下去。狼吃了一次虧，知道他的厲害，嗥的一聲向前衝出去。

「哈哈！」他又縱聲大笑了，一面張開手給我看。「狼沒有捉到手，倒抓了一手毛。」

「你倆也算半斤八兩了。」

「俺從來沒見過這樣壯的狼，要是別的狼，我這麼一抓，這麼一按，還想逃出去。」

「牠今天也是偷雞不著，倒蝕一把米。」

「好長的毛啊，做床狼皮褥子，一定很暖和。」

八

值星官吹哨子集合時，弟兄們一個個嘴巴撅得像能掛住油瓶子，縮著脖子慢騰騰的走出來，一步挪不到二指兒；嘴裡還凍得絲絲拉拉打哆嗦。天氣冷得像結成冰塊，氣從口裡一吐出來，便變成一道白霧，在鼻子尖上凝成冰渣子。這個說：那麼冷的天，出操幹什麼。那個說：這樣天氣出去打野外，簡直是受洋罪。我站在一旁裝做聽不見，把軍刀在地上猛敲著，叫他們快快快！

立正！

向右看齊！

向前……看！

值星官把嗓門拉開了，一個個才像貓趕老鼠，飛也似的奔過來。槍托子碰到雪地上，乒乓、拉響，所有的怨氣都出在槍身上。這些大孩子，一到軍隊上就變得特別天真，你要是鬆一點，都變成沒王的蜂子；要是緊一點，都又變得像一些小老鼠。

我對他們講話了：

「大家不要怨，下雪天打野外才好玩。」

「好玩，昨天我半夜沒睡覺。」排尾有人在唧唧咕咕說話。不用看，我就知道是林阿虎，長得沒有三寸高，就是愛說話。一件棉軍裝，搭拉到膝蓋上，綁腿老是打不緊，走不到兩里路，起碼散三次。頭上那頂羊皮帽，兩個護耳把眼睛都遮住。嘴巴也撅得高高的。

「你不睡覺幹什麼？」

「我在看紅樓夢林黛玉砸賈寶玉的醋罐子。」

「你心裡老是想歪的。」

「男人不想女人，人種都絕了。」

「既然看了紅樓夢，為什麼不知道雪景有趣兒；你沒見大觀園賞雪多熱鬧。是不是看林黛玉漂亮，想打歪主意？」

「我想林黛玉啊？隊長，那樣的女人送我都不要。小心眼的要死，誰要娶到她，會倒八輩子楣。看別的女人一眼，跟別的女人說句話，就要死要活的。」

「人家賈寶玉就喜歡這個調調，愛林妹妹愛得要死。」我想早早把這段公案結束，跟他扯下去，就沒完沒了。

「賈寶玉好啊？隊長。」沒想到林阿虎還是不肯停止：「他還不是見一個，愛一個。連到侄媳婦床上睡個午覺，都想侄媳婦想流了。」

「好了，站好！出發了！」看林阿虎的樣子，硬跟他辯下去，更沒完沒了。

「打野外除了喝西北風，也沒什麼好吃的。」他在隊伍中站好了，嘴裡還不停的嘟囔。

「想吃東西還不容易，回去帶子彈，打完野外到山上打獵去。」我想既然要他們出去放風，就讓他們去野一陣子，心裡才痛快。弄幾隻兔子、野雞，回來加加菜也不錯。

聽說要打獵，個個又樂得跳起來，沒命的奔回寢室拿子彈。出了營房的大門，迎面就是西北風，太陽照著積雪，白皚皚的耀眼睛，值星官帶頭唱起一個軍歌。

九

一匹馬從大斜坡上奔下來，上面雄赳赳的坐著一個人，正是沈大龍。他老遠便揚著鞭子吆喊道：

「這個天還出去打野外？」

「在營房裡孵久了，把弟兄們的臉都孵黃了，帶著他們出去跑一跑，順便打打獵。」

「弄到好吃的可別忘了我。」

「你這麼早到那裡去了？」

「昨天晚上回來後，始終不放心，那條狼留在這一帶，終究是個禍害，又騎著馬去找牠一趟。」

「找到了沒有？」

「牠還在路上打轉呢，可是見了我，撒腿就溜了。」

「牠算認識你了。」

「是嘛，牠溜的好快，騎著馬都追不上，所以又到金花那裡住了一晚上。銀花的事俺又給你提了一次，大概沒有問題；不過十八歲的大姑娘，總是害臊的，就是願意也不能一下子就點頭。過幾天俺再陪你去一趟，順便帶給她一點小禮物，也就八九不離十了。」

「這地方有什麼好買的。」

「那就不用你操心了，俺會給你打點得好好的。什麼好東西，只不過耳墜了，手鐲了，再加上兩雙鞋面子，幾件衣服料子，就可以使她歡天喜地。」

「儘你辦吧，我聽你的了。」

「包在俺身上，你聽俺的消息吧。」沈大龍拍著胸膛說，一抖韁繩，馬便跑開了。

我趕上隊伍時，他們已經集結在大斜坡的平野裡。對面就是鷹翅山，地勢很開朗，是打野外的好地方；不論演練防禦或攻擊，都非常理想。山頂長滿沒有主的野樹林，深得有好幾百里，沒有人知道牠的邊緣。裡面的松樹長得參天高，密得風都吹不透。聽說什麼野獸都有，老虎、熊、狼、獾，還有幾丈長的大蟒蛇。

這座莽神廟，就是一條大蟒蛇顯靈，要當地人給牠蓋的。牠到底有多大，也沒人說的準。只是據說有人見牠把尾巴搭到山頂上，頭卻伸到三里外的白沙河裡喝水，把一座小山都壓塌了。山下那個大斜坡，就是牠在那裡打滾壓成的。雖是一些「姑妄言之，姑妄聽之」的傳說。當地的老百姓，卻沒有一個人不知道。因此那座蟒神廟，就在山下那個窪地裡，雖比土地廟大不了多少，香火卻極鼎盛，每逢廟會的日子，鄰近的村莊都鑼鼓喧天來進香，祈求蟒神爺保佑平安。要是有一年不虔誠，牠只要在莊稼田裡打個滾，一年的收成就完了。附近的人都喊牠龍爺爺，見到長蟲也老遠鞠躬作揖。小孩子夜裡哭，只要提到龍爺爺三個字，就嚇得噤住聲。現在在樹林外面所能看到的，只是一些野兔子。

我給弟兄們下達的課目，是「班戰鬥教練」，進度「班攻擊」。目的是讓他們跑一跑。再派幾個弟兄帶著幾面紅旗子，白旗子，到山頂擔任假想敵。紅旗子代表重機槍，白旗子代表輕機槍。有了敵情觀念，做起來才逼真。我告訴他們說：「攻上鷹翅山，便解散去打獵。我昨天晚上在這裡遇到一頭狼，誰要能打到，獎他兩瓶老黃酒。」

解散時候喊了一聲「殺」，各班便立刻進入戰鬥位置了。我和幾個排長走在最後面，一路糾正他們的動作。

「隊長昨天晚上到城裡幹什麼？」第一排排長叫李崇善，最喜歡說話了，笑嘻嘻的問道：

「沒有什麼事。」我總不能對他們說實話。

「你想跟沈隊長在一道，還有什麼事。沈隊長城裡有個姘頭。」第三排楊排長插口說，他是個山東人，嗓門粗粗的，帶著一股侉里侉氣的味道。

「聽說隊長還沒沾到女人過，是不是真的？」

「隊長的眼眶子太高了，沒有女人能配上他。」

「隊長別挑肥揀瘦了，我們等喝你的喜酒呢。」

十

我一個勁的不開口，讓他們在一旁嘀咕。第二班在我們正前方展開戰鬥前進時，散做鑽石隊形，奔跑著向鷹翅山上衝。他們運動到蟒神廟，弟兄們突然停下來，大家跑到一堆去，圍在那裡吵吵鬧鬧的吆喊。別班的弟兄也跑過去，把那片雪地圍成黑鴉鴉一大片。

「走快一點吧，大概出事了。」我對三個排長說。

「可能有人掉到雪坑裡。」

「那麼大的雪，掉下去有啥關係，跌個十丈八丈深，皮毛都不會傷一點。」楊排長身體壯，什麼事都不在乎；他要是摔倒在地上，會把地砸出個大窟窿。

有人老遠大聲叫起來：

「隊長啊，死人了。」

乖乖，出了人命還得了。我帶他們出來打野外，是看他們在營房裡太悶了，要他們出來跑一跑，看看雪，散散心，舒展舒展筋骨；回去多吃兩碗飯，才能身強體壯。沒想到一個班攻擊沒做完，就出人命了，我怎能不著急，便和幾個排長撒腿奔過去。

「怎麼了？」我一面走著一面問。

「只剩下手腳和頭，身子不見了。」我更像丈二和尚摸不到頭，這個人死的也怪，怎麼會只剩下手腳，身子卻沒有了。難道跌到懸崖下，把身體跌碎了？據我知道，從大斜坡到蟒神廟那個地段，是一個大窪地，很少有溝渠。就是有幾道田塍，也不過膝蓋高，摔下去連條胳臂都跌不折。

我很快便趕到出事的地點，弟兄們讓開一條路，讓我擠到人叢裡。雪地裡直挺挺的躺著一個人，手腳伸張著，已經沒有一點氣息了。我才鬆了一口氣，原來那人不是隊裡的弟兄。他身上穿了一件山羊皮的皮袍子，大襟卻被撕下來，露出赤裸裸的胸膛。肚子上有一個大窟窿，裡面的心肝五臟全都不見了。脖子上、臉上，也有很多爪傷和牙痕。一頂帶著護耳的大氈帽，落在一旁的雪地上。腳上的鞋子也有一隻不見了，有許多血濺在雪地上，把雪染得紅紅的，一隻手上挽著個小包袱。

「他是那裡來的？」我問弟兄們。

「不知道，我們攻擊到這裡，就見他在這裡。」

「死的好慘哪。」

「一定是遇到狼，被拖到這裡。你看這一溜雪印子，是從那邊公路上拖過來的。」一句話提醒我，一點都不會差，一定是被狼咬死了，拖到這裡吃。看看他空著那隻手，指縫裡還夾著一大把狼毛呢。他在遇到狼的時候，一定拚命的打鬥過。那麼一定就是我們昨晚遇到的那頭狼，鬥我們不過了，去找弱的欺負。這傢伙倒楣碰上牠，被牠傷害了。

「埋了吧，別叫他拋屍露骨的。」我對弟兄們說。

「地凍得像鐵硬，牙都咬不動。」

「不要說那種話，當兵的還有難事情。」

「隊長啊，我講不要埋。」林阿虎又出主意了：「把他放在這裡，那隻狼要是今天打不到食，一定會回來再吃。我們晚上派幾個人在這裡埋伏著，把牠收拾掉。」

「這倒是個好主意。」

「現在去找牠多好。」又一個弟兄說。

「光天化日下，牠不知道躲到那裡了。」

「雪地上有牠的腳印子，可以順著腳印找。」

「好！班教練現在不做了，分組去打獵。能找到那隻狼更好；要是找不到，也打點別的東西回去加菜。」

分派完畢後，弟兄們歡天喜地的散開了，三三兩兩朝山上走去。我和幾個排長也在屍體附近找到一溜野獸的腳印子，只不知是不是那頭狼的，再順著腳印子慢慢走，到了山頂上，便進入森林裡，腳印子也被亂七八糟的灌木荒草弄亂了。到了十一點集合時，弟兄們有的提著野兔子，有的提著大野雞，零零散散的走回來，都沒有見到那頭狼。他們也在山頂上發現十幾道狼的腳印子，弄不清那一道是真的。原來狼是最奸滑不過的，牠怕人會順著蹤跡找到牠，便在山頂上故佈迷陣，把腳印子弄亂，人就弄不清楚牠到那裡了。

下午我去看沈大龍，他帶著弟兄們在院子裡練拳術。

「老沈，那隻狼真的作孽了。」

「你又見到牠了？」他把隊伍交給了值星官。

「吃人了呢。」我和他走進了營房說：「在蟒神廟前面的窪地裡，把肚子都挖破了。」

「俺早就知道，牠一定會惹禍。」

「我們準備今晚去打他，弟兄們說：牠今天要是打不到食，晚上一定會回去找那個人。我們就在附近等著牠。你不知道被牠吃的那個人多可憐，小包袱裡面還有一雙紅襪子，一定是買給他老婆的。」

「晚上俺也去。」

「你等會兒到我那裡吃飯去，弟兄們今天打回來十幾隻野兔子；還有幾隻好肥好肥的大野雞，我吩咐他們整治了做火鍋。回頭再弄兩瓶老黃酒，大家喝一杯。」

「我這裡有現成的好白乾。」

兔子肉和野雞肉做的大火鍋，熱氣騰騰的。伙伕把紅通通的兔肉，切得紙片一樣薄，用筷子夾著在火鍋裡輕輕涮一下，便熟得恰到火候，再蘸著碟子裡用蒜泥、辣椒油、蝦醬、芥末粉、香椿，調和成的佐料。吃到口裡，想是什麼味道，就是什麼味道。沈大龍撈到個兔子頭，在火鍋裡來回涮，一手拿著個大酒杯，啃一口兔子頭，喝一口酒。雖然外面飄著鵝毛般的雪片，西北風吹在窗糊紙上，響得嗚嗚叫，弟兄們個個頭上卻直冒汗珠子。沈大龍三杯下肚後，臉紅得像關公，嘴巴越發沒有遮攔。

「我告訴你們個好消息。」他打著哈哈拍拍我：「過幾天你們隊長請你們吃喜酒。」

「你別胡說了。」我推他一下子。

「這有什麼關係，喜事嘛。」

「我們隊長有什麼喜事？沈隊長。」楊排長問道。

「問你們隊長嘛。」

「我們隊長從來不對我們說實話。」

「快吃吧，還要打狼呢。」

「沈隊長、楊排長還有件事想請你幫忙呢。」李排長一塊野雞肉吞下去，才騰出嘴巴來說話。

「什麼好事情？」

「他看上鎮東頭孫先生的大閨女，想請你做媒。」

「那妞兒長得怎麼樣？」

「你沒見到過啊！真是俊極了，兩道彎彎的柳葉眉，一雙杏仁似的大眼睛，嘴巴紅得像個小櫻桃，紮著一條烏溜溜的大辮子，叫人一見魂都飛了。不過孫先生很難說話，別人去恐怕不會成，只有請你沈隊長。孫先生說全大隊的人，他就敬重你沈隊長，說你是個大英雄。」李排長一面說著，一面給沈大龍上洋勁，樂的他直咧嘴。

「這個媒俺可不能做。」沈大龍笑著說。

「做件好事吧。」

「那麼俊的大姑娘，俺都想討呢。」

「你說笑話了，一個隊長怎好跟一個小排長爭女人。你那個金花姑娘，美得賽西施。」

「照你說，俺一定要做這件好事了。」

「你要趕快呀，楊排長快害相思病了。」

「楊排長，俺要是做不成媒呢？」沈大龍看看楊排長。

「那他非跳井不可了。」李排長搶著替楊排長回答。

「跳井啊，那算什麼男子漢，要是喜歡她，為她丟了腦袋都可以。孫老頭要是不答應，俺教你一個好法子，你晚上騎著馬把那小妞搶出來，找個地方坐山為王住幾年，生下幾個小娃子，再帶來見她老子，他不把你這個女婿，當做寶才怪哩！」

「你總是忘不了老本行。」我忍不住笑了。

「哈哈哈……」

十一

晚餐在歡愉的笑聲中結束了，我們便收拾出發，帶著幾枝大步槍，把刺刀也鑲上。我把軍刀拴到腰帶上，盒子砲揣到口袋裡。我們一共去了九個人，沈大龍、我、楊排長，再加上六個膽大的弟兄。林阿虎也要跟著去，我說他不成，那麼丁點的小個子，狼一口就可以吞下去；別沒打到狼，先填了狼肚子。他說他看過三國演義，肚子裡面有計謀，能做我們的諸葛亮。沈大龍要每人帶一個大簍子，要是把狼圍住了，牠一定要往外衝。那時候槍都不中用，只有用簍子擋。因為簍子的正面大，在手裡又靈活，一來狼撲不到你身上，二來也逃不掉。

我借了一個當地放炸蠶用的大簍子，扁扁圓圓的，直徑有好幾尺，帶著一個長長的圓把子。我把肩膀一斜，就拐到肩頭上。我們到達蟒神廟前面的窪地時，已經八點多。映著雪光的土地，什麼東西都看得清楚。那具屍體還躺在原地，又一隻大腿不見了。這件事下午在鎮上傳揚了大半天，也有人來看過，卻沒有認賬的。看樣子一定是個他鄉客，做了冤死鬼，魂都回不了家。

把弟兄們分派好，我和沈大龍商量說：「找個地方避避風。」

「蟒神廟不是現成的好地方？」

「你說蟒神有靈沒有靈？」

「胡扯！那裡有那麼長的大長蟲。」

「小心牠會一口吞掉你。」

「等回兒在牠口裡撒泡尿，看牠靈不靈。」

我們說著話，便到了蟒神廟的門口。矮矮的小廟身，在雪光的映照下，帶著一股莊嚴的神祕。屋脊和屋簷上，也是飛鳳蟠龍的。廟內烏黑烏黑的，什麼也看不清。由於廟門太矮，必須彎著腰才能爬進去。我們便跟沈大龍站在門口的屋簷下，天南地北聊起來，說到他當年那些風流事。他隨手掏出一支香煙來，劃了根洋火點著；火光嗤的一聲點亮了，又嗤的一聲熄了。

廟裡突然轟隆一聲，我慄然一下說：

「蟒神真的顯靈了。」

「那才神啦！」沈大龍笑道。

接著裡面又是沙啦沙啦好幾聲，好像有什麼東西在裡面走動。沈大龍的動作像風一樣快，猛然一轉身，把我帶的那個大簍子，拉過來擋住廟門口。

「裡面是什麼？」

「誰曉得。」

「劃根洋火照照吧。」

「你好好把門口堵緊了。」沈大龍把火柴拿出來說：「說不定有兔子野雞在這裡避風哩，我們可有口福了。」

我兩隻手把大簍子在廟口堵緊了，沈大龍才劃著火柴伸到廟裡面。神臺上是一尊泥塑的神像，頂上蟠著一條張牙舞爪的大金龍。在神臺旁邊的黑影裡，蹲著一個渾身毛茸茸的大東西，見有火光照進去，便沒命的往神臺後面躲。無奈那個神臺太小了，牠藏了頭，藏不了尾。

沈大龍丟掉手裡的火，哈哈笑起來。

「原來你在這裡，看你這回往那裡逃。」

「是什麼？」我急忙問。

「就是我們碰到的那頭狼。」

「你怎麼認出來了？」

「你沒見脖子上那圈大白毛。」

「那個人一定是牠吃了。」

「大概不會冤枉牠，還不好治牠哩。把弟兄們全都喊到這裡吧，我們捉活的。」

我把手捧成喇叭形，放在嘴上喊道：「楊排長，把他們帶到這裡吧，狼在廟裡面。」

埋伏在雪地上的人，一哄子奔過來。

「隊長，在那裡呀？」

「隊長，別讓牠跑掉了。」

「在廟裡，你們自己去看吧。」

「誰有電棒子？」林阿虎叫得比誰都響。

楊排長拿出手電筒，朝廟裡照進去。那隻狼大概知道躲不過，瞪著眼睛對我們齜牙咧嘴撒威風，恨不得連小廟都吞下去。林阿虎仗著個子小，三鑽兩鑽，就從人叢中鑽到前面；攀著簍子沿，探頭探腦向裡面探望。他剛把頭伸進去一半兒，狼便忽的一下朝他竄過來，嚇得他一屁股跌個臉朝天。幸好楊排長的手腳快，趕緊用大簍子抵住。

「那麼兇幹什麼？」林阿虎拍拍屁股站起來。
「這回輪到你諸葛亮出計謀了。」
「用刺刀捅死就算了。」
「我們要捉活的。」
「那我也沒有法子，諸葛亮也沒捉過狼。」

十二

狼也知道牠的處境危險，兩眼不停逡巡著，在找機會往外逃。一回兒衝上來，把頭頂到簍子上，猛衝猛撞的往外衝，想把簍子撞開。一回兒又腳扒嘴啃的，想把簍子拆碎了。可是外面的人太多，莫想把簍子撞動分毫。林阿虎吃了一次虧，學了一個乖，不再傻里傻氣朝廟裡探頭了。他拿了一枝鑲著刺刀的大步槍，只要狼衝到門口時，就用刺刀去戳牠，口裡還恨恨的叫著：
「我看你兇，你再兇給我看！」
狼見衝不出去，又躲到神臺的黑影處。
「誰身上有繩子？」沈大龍問道。
「我有，我有三根褲腰帶。」林阿虎搶著回答。

「你紮那麼多腰帶幹什麼？」我笑著問道。這傢伙就有那股寶勁，鬧的笑話也比別人多。

「天氣冷了，我穿三條褲子，一條褲子要紮一條褲腰帶，不是要三條，我解兩條給你們。」林阿虎說著，真的當場解褲帶。

「小心點，別被風吹著。」我說。

林阿虎的褲腰帶，只是兩條長麻繩，又粗又結實。其實還是用好幾條短麻繩連在一起的，一看就知道，是部隊綑子彈箱子的舊繩子，丟下來沒人要，他揀起來當做寶。一根一根連起來，就成腰帶了。林阿虎的為人最勤儉不過了，讀過幾年私塾，滿肚子都是學問。他從來不亂花一文錢，每月的薪水發下來，便一分一厘買成金戒子，散的變成整的，小的變做大的，縫在貼身的襯衣口袋裡。是全隊出名的小財主，卻沒有人能借到他一文錢。

「把繩子結成一個活扣兒。」沈大龍吩咐道：「一個人用刺刀挑著繩扣子對正牠的腿，一個人把槍倒過來，用槍托子去砸牠的腿。牠是『銅頭、鐵身、麻桿腿』，最怕人敲牠的腿，一定會翹起來躲；就趁勢套到牠腿上。」

「進去捉牠多痛快。」林阿虎說得很輕鬆。

「你進去試試看。」沈大龍一把把林阿虎拉過去，半真半假的往廟門裡送。「你有幾個腦袋，所謂『狗急跳牆』你現在進去，牠不跟你拚命才怪哩。」

「我要像隊長那麼棒，一定不怕牠。」

「你諸葛亮最拿手的好計謀，就是激將法。」

楊排長很快把繩子打了個活扣兒，用刺刀挑著送到廟裡面，沈大龍便用槍托子去搗狼的腿。牠果然兩腿最寶貴，不停的往後縮，卻不肯把腿抬起來，一面張牙咧嘴去咬槍托子；嗥嗥的悲叫著，使人聽著怪不忍的。林阿虎見兩人治服不了狼，也去幫忙，用刺刀去戳狼的嘴。牠好像認定林阿虎好欺負，忽的一湧身，就朝他撲過來，從簍子上面往外竄，把簍子撞翻了。正當狼半個身體竄到廟外的當兒，沈大龍忙丟掉手裡的槍，兩手抓著狼的脖梗子用力往下按，把簍子都壓得塌下去。楊排長也趁勢扯住狼的兩條後腿；弟兄們也一哄的衝上去，拉腿的，按頭的，壓背的，揪尾巴的。楊排長見狼已經跑不掉，才鬆出手來，把繩扣兒套在牠兩條後腿上，繞了幾下纏緊了。

狼的兩條後腿雖然被捆住了，牠還是不屈服，掙扎著想逃。當林阿虎去拉牠的耳朵時，牠一扭頭朝他臂腕上就是一口。現在林阿虎逞能了，沒頭沒腦的朝著狼身上踢了好幾腳，算是報仇了。

十三

我們把捉來的狼，用鐵鍊子拴在營房門口拴馬的木樁上，後腿也給解開了。鎮上的人聽說捉到狼，都到營門口來看光景。有人跺著腳嚇唬牠，小孩子拿石頭打牠，狼雖然氣，怎奈英雄氣短，只有搭拉著頭，閉緊著嘴巴，圍著木樁子來回轉。鐵鍊子拖到地上，叮叮噹噹，卻沒有人敢靠近牠。林阿虎見人多了，就想在大家面前逞英雄，手裡拿著一塊肉骨頭，婆婆媽媽去引逗狼。那知狼根本不理他，昂然的站著，傲得像個落魄的英雄一般，雖然窮途末路，仍一身傲骨。可是牠瞅個林阿虎不留意，突然躍起來朝他撲過去。林阿虎屁滾尿流的爬開了，褲腿子還是被牠的長爪撕了一條大口子，惹得大家一齊笑起來。

傍晚時分，沈大龍來跟我商量殺狼的事，臨走經過狼身邊，沈大龍開玩笑的對狼說：

「看你的本事了，你的命只有今天一夜；你要能把鐵鍊子弄斷了，就算你運氣。」

狼朝他翻翻眼，好像聽懂他的話。

可是翌日一清早，衛兵就闖進來說：

「報告隊長，狼跑了。」

「怎麼會跑了？」我跳起來問。

「不知道。」

「是不是把鐵鍊子弄斷了？」

「是把木樁子啃斷了，把鐵鍊子拖走了。」

我走到營門口看一下，原來豎在那裡那根拴馬用的木樁子，攔腰被狼啃斷；只剩下短短一截留在地上。在斷口地方，還留著參參差差的牙痕。

「什麼時候跑掉的？」我問衛兵。

「我四至六的班就不見了。」

「你上一班是誰？」

「我是接林阿虎的班，那時候就已經不見了，我還和他找了很久都沒有找到。」

「那就別問了，一定是林阿虎出了毛病。」

「是他那班跑掉的，他也承認了。」

「你去把林阿虎叫來。」

林阿虎很快就來了，對我怯怯的說：

「我只一轉眼，牠就不見了。」

「大概你又睡覺了？」

「沒有，隊長，我敢發誓我沒睡覺。」

「你在幹什麼？」

「我看小說看忘了。」

「又在想林黛玉啊！」

「我不是說過了嘛！林黛玉那個小心眼，誰討了他準倒八輩子楣。連眼睛都別想斜一下。」

「你好危險哪，要鬼子摸上來怎麼辦？那不全隊的人都斷送在你手裡。走開吧，沒有被狼吃掉，已經萬幸了，以後站衛兵不准看小說。」

正在說著時，沈大龍也來了。

「狼真的跑掉了？」

「一定要找到牠，不然又要傷人。」

十四

吃過早飯，我便和沈大龍騎馬出發了。套在狼脖子上那條鐵鍊子，顯然還沒有脫掉；出了鎮沒有多遠，我們便找到狼的蹤跡了，在牠經過的雪地上，一邊是一個一個的腳印子，一邊是被鐵鍊子拖出來的細線條。我們就隨著那道腳印子，一步一步追尋。狼的足跡是朝著鷹翅山，我們到了蟒神廟，便見到山頂有個灰影子，站在雪地裡，威風凜凜的，一付小人得志的架勢。

「就是牠。」沈大龍用手指指。

「不容易捉到呢。」

「那裡去捉呀，能打到就好了。」

我從肩上卸下槍，舉手瞄準。

「太遠了。」沈大龍止住我。「子彈沒有效用的。我們分兩路去包抄，你從這邊上，俺轉到那邊去。」

我們剛兜動馬韁繩，狼便轉身順著山脊走；步子慢慢的，彷彿在邁四方步，不時掉頭向後看。我把馬放快，忽刺刺朝山頂奔上去；牠也跟著跑起來，四足騰空一般。只要我的馬一慢，牠就慢下來，又一面走著一面回頭看，使人又氣又急，卻沒有法子追上去。我和沈大龍在山頂會面時，牠已經鑽到樹林裡面，躲在一株大松樹後面朝外探頭兒。我們把馬衝到樹林邊上，牠又向深處跑進去。

舉槍剛要射擊時，牠突然躲得沒影兒；把槍放下時，牠又從樹後跑出來。

由於馬進不了樹林，我們便在樹林邊上跟牠捉迷藏。我心裡氣的慌，不管打著打不著，朝牠停身的地方就是兩槍；雖然沒打到，卻把牠嚇得往樹林深處逃。於是我們勒馬下山了，那知到了蟒神廟，山頂上又傳來狼嗥的聲音。我回頭看看，狼又威風凜凜站到山頂上。並傳來兩聲長叫。

嗥！

嗥！

我又勒住馬，想再回山上去打牠。沈大龍說沒有用，我們到上面，牠又溜走了。接著他擂著胸膛說：

「俺鬼子也不知道殺了多少，卻栽在狼手裡。」
「牠也太刁了。」
「俺這些日子就倒楣。」
「又怎麼了？」
「俺昨晚又到金花那裡了。」
「她總不會關起門來不理你。」
「她不敢，她要是……」沈大龍把話說到半截，便不肯說下去：「不談那個，還是談你的事吧。俺昨天又跟銀花談了很久，她也說你是個好人，可是有人從中搗鬼。」
「有人打銀花的主意嗎？」
「我猜是金花，是她沒安好心。」
「你倆像夫妻一樣，不該不信任她。」
「她想在銀花身上發筆橫財呢。」他用韁繩在馬脖子上打一下：「你放心，老弟，我一定會替你辦成的。」

十五

大清早沈大龍就跑來找我了，穿著一件反毛的狐狸皮大衣，頭上戴著一頂貂皮大風帽，圍著一個羊皮大風領，渾身一團毛茸茸的。腳上是一雙長統大皮靴，一進門就帶進一股冷颼颼的寒氣。

「穿戴那麼整齊幹什麼？我以為狼來了。」

「俺告訴你個好消息，老弟。凍壞了，先弄杯酒來喝喝吧。」他摘下風帽，把兩手搓了搓。

「什麼事？」我打發人去買酒。

「那件事俺給你辦妥了。」

「有話直說吧。」

「俺剛剛從金花那裡回來，你猜什麼事。俺昨晚見到銀花時，又替你吹了幾句，就把她吹著了。不過金花告訴俺，要兩百塊大頭才成。」

「你那張嘴真該入拔舌地獄了。」我笑著對他說：「昨天晚上有沒有遇到狼？」

「老把狼放在心上幹什麼。」

「自從那頭狼跑了後，我就心裡煩的慌；好像什麼事都不想了，真想出家做和尚。所以銀花的事最好不要談，我現在一點都不想。」

「那和狼有什麼關係？」

「我覺得那是件缺德的事。」

「別那麼婆婆媽媽。」

「我覺得銀花很善良，我很喜歡她，我要是把她糟蹋了，就是害她一輩子。你可以想一想，我們還不是像狼一樣，把一個好好的女人吃掉了。」

「這是一條人生必走的路，誰都要走的。」

「我不願意馬馬虎虎走。」

「你打算鑼鼓喧天把她娶回來。」

「當然啦！這是應該的。」

「真那麼認真嗎？」

「我已經想過好幾天，一定不做那種虧心事。」

「那個俺不管，別說你要把她當老婆；就是把她當姑奶奶侍候著，也不關俺沈大龍的事。可是昨天晚上，俺已經在銀花面前替你答應了，可不能讓俺栽跟斗。錢俺也給你籌好了，今晚就是好日子，晚點過了我們就出發，明天一早回來，大隊長也不會知道。」

「你是偷吃野食吃出經驗了。」

「俺那個郎當勁，大隊長早已經備案了。俺對大隊長說，俺是野慣了，要俺去打仗，什麼苦俺都可以吃。要把俺看得像大姑娘似的，俺可受不了。」

「晚上會不會碰到那頭狼？」

「牠要再來，可真是自己找死了。」

「我想帶枝手槍去。」

「真是個膽小鬼。」

十六

天空掛著一個大月亮，雲彩稀得沒有影子，風絲兒一點都不動。在冬季能有這樣好天氣，真是揀都揀不到。寒氣還是乾崩冷，我因為擔心那頭狼，一路走著眼睛仍四處逡巡不停。大斜坡上面，一邊是鷹翅山，從蟒神廟到山頂，空蕩蕩的沒有遮攔。一邊是一個野樹林，樹叢長得密密麻麻，在黑夜裡更現得影影幌幌，叫人看不清楚。

突然一陣聲音從樹林裡面傳出來。

「你聽什麼聲音？」我神經過敏的想到那頭狼。

「還不是風吹的樹枝響。」

「今晚沒有風。」我繼續說。

「那些大白楊，沒有風也是嘩嘩啦啦的。」

「好像還有鐵器聲音。」我側起耳朵細聽。

「可能是打獵的，在樹林裡面找東西。」但他側耳細聽一下，便又笑起來：「真是那個東西呢。」

「什麼東西？是那頭狼對不對？」

「沒錯，鐵器聲是牠的鐵鍊子。」

「你的耳朵還真靈。」

「俺在這裡闖了多少年，什麼事情沒有經驗過。」

「你就是吹的響。」我笑道。

「你敢跟俺打賭嗎？老弟。不過銀花那個小娘們不吉利。今晚給她去開臉，半路上就碰到狼。好像老天註定了不和順，以後的風險還多哩。」

那頭狼說來就來了，在我們說話的當兒，便從一株大松樹後面鑽出來，鐵鍊子還拖拉在地上響。接著一連幾個長竄，便到我們身邊了。我拿出手槍朝牠照量著，準備朝牠腦袋給牠兩槍。沈大龍吆號著止住我。

「不要用槍打，你一下子打不到牠的要害，牠就會死命的跟你拼。把軍刀拿出來，牠就不敢上來了。」

狼好像知道我好欺負，一下子就攔住我。

「你還是到後面去，讓我對付牠。」

「你要小心了。」

狼見了沈大龍，好像仇人見了面，眼睛裡暴出又兇又惡的光，張著大嘴把牙齒向他齜了齜，好像故意嘲弄他。沈大龍朝牠跺跺腳，牠便退兩步，顯然吃過他的虧，對他有顧忌。但他舉步要走時，牠卻又上來了，站在路當中，打又打不到，要是不理牠，牠又攔在前面不讓路。

沈大龍突然火起來，索性不走了，站在那裡和狼四目相對著。一隻手大張開，擎在半空做撲捉的姿勢，一隻手握成拳，緊放在胸前，守住自己的門戶。狼也不甘示弱，把肩膀高聳著，脖子上的毛好像都豎直了。沈大龍的動作說快也真快，只見他身體猛一閃，就朝狼衝過去。同時把手向狼頭罩下來，腳也同時踏住那條鐵鍊子。狼也是夠機警，把身體猛一躲，便躲過沈大龍那隻手，兩條前腿直著站起來，張牙舞爪的撲向沈大龍的脖梗子。但見沈大龍把身驟一挫，狼便撲個空，騰空一躍向前衝出去，鐵鍊子掙脫了。沈大龍被鐵鍊子一拉，差點幌了一跟斗。

這一來沈大龍更火上加油了，跟著追上去，好像不捉住那頭狼，不肯罷休一般。狼雖然鬥不過沈大龍，卻又不肯走，只一步一步慢慢往後退，沈大龍也一步一步向前逼，直向蟒神廟的曠野裡逼過去。

驀地有個聲音從我背後傳過來，我急忙轉回身；另有一隻灰色的大狼不知什麼時候到了我身後，正要撲向我。我倉皇中把身子迅速撤一步，一手抽出軍刀隔架著，一手掏出盒子砲，對牠砰砰就是好幾發。有沒有打中我也不曉得，牠卻歪歪斜斜又逃回樹林裡。

「怎麼了？」沈大龍老遠問道。

「這裡又有一隻了。」

他捨了那隻狼，很快的轉回來。

「你沒有事情吧？」

「我把狼打傷了，逃到樹林裡，你看地上這些血。」我指著地上那些斑斑點點的小紅點子。

「我們看看去，順著血跡可能找到牠。」沈大龍還不肯死心。

「算了吧，時間不早了。」我見牠們跑的那樣遠，追也是白費工夫。

「我們得快走了，她們一定等急了。」

「沒想到今天會碰到兩頭狼。」

「啊！俺明白過來了。」沈大龍突然一拍大腿說：「狼是最奸滑不過的東西，你知道牠倆剛才為什麼不一道跑出來；原來是在施『調虎離山計』。我們捉的那頭狼，知道俺厲害，所以前來引逗俺，故意使俺發脾氣，把俺引得遠遠的；另一隻才出來對付你。」

「我不信牠會那樣滑。」

「牠那些壞道子，比人還多呢。」

十七

金花姐妹沒有住在書院裡，沈大龍替她們租了一個四合院，一幢正房，兩排廂房。金花住在正房裡，一共有三間，裡面的一間做為臥室，外面的兩間是客廳，簡單陳設著幾張木椅子，和一張大方桌。靠牆還有一張小巧的八仙桌，上面放著一個洋磁茶盤子，裡面盛著四個帶花的細磁小茶杯。當中牆上掛著一張武財神，是沈大龍特地買來的，他最崇拜武聖關公了。

「怎麼來的這樣晚？」金花開門說。

「我們遇到兩隻狼。」

「沒有傷到你們吧？」

「要出了事，還會到這裡。」沈大龍打了個哈哈：「俺本來想捉隻狼，送給銀花做禮物。」

「你的嘴總是沒有遮攔，今晚是妹妹的好日子。」

銀花住在廂房裡，是兩間小小巧巧的屋子，中間沒有間隔開。靠右邊是一個大土炕，炕沿外面鑲一溜整整齊齊的花磁磚。炕上是兩床紅綾子大棉被；一對鴛鴦交頸的繡花枕頭，放在炕頭上。再裡面是一個高高的梳粧臺，擺著全付的新粧奩。窗上也換了新窗紙，貼著十幾張小巧的剪紙花。喜雀戲梅，麒麟送子，並蒂蓮開，滿堂富貴，當中是一個紅紙剪成的大雙「囍」字。窗臺上有一個罩子燈，映著梳粧臺上那對火光熊熊的龍鳳燭，把房子照得亮亮的，青煙繚繞著升向空中。梳粧臺外面是一張小圓桌，上面放著一個大暖盒，旁邊有一套精緻的小酒杯。一個粗磁的大火盆，放在一個杌子上，燙了一壺老黃酒。

銀花盤腿坐在炕沿上，打扮得花團錦簇，羞答答的低著頭。身上是一件紅緞子撒花的長棉袍，外罩一件窄身鑲黑邊石青色鑽絨裡子的小皮襖，腳上是一雙軟底薄幫牡丹花開的小紅鞋。頭上那條大辮子，已經梳成一個元寶髻，上面一邊插著一個金絲瑪瑙月牙釧，一邊簪著一個赤金鳳頭釵。前面那排長長的小瀏海，梳成一綹一綹花式的牙口形，頂上別著一個淡金帶細花的如意鈿及十幾道金墜子，滴溜搭拉垂到瀏海上。一付金絲翡翠的長耳環，一直吊到兩腮上。嫩嫩的小臉蛋，薄薄的塗著一層胭脂。眼睛裡水靈靈的盛著一灣水。

我們進去時，銀花連動都沒動，只把眼睛輕輕向我一斜睨。但我看她時，她又低下頭。手裡拿著一條薄薄的絲手帕，一個勁兒直扭動。

「誰把房子收拾得這麼好？」沈大龍撒撒眼睛說。

「妹妹忙了一天呢。」

「我就知道銀花是細緻妙人兒。」

「暖盒裡的菜也是她做的。」
「我們喝酒吧，今晚是人家的好日子，我們別坐的太久，耽誤了人家的好時光。」沈大龍迫不及待的把暖盒打開了，把裡面的菜餚拿出來。
「你總是那麼急。」
「不是俺急，俺是說別人急。」
「你說話總是帶刺的。」我笑著插一句。
「俺說有人比你還急哩。」
「不要胡說了。」金花也忍不住笑起來。
「我倆今天也得好好溫存溫存。」
「怎麼越說越不正經了。」
金花搬來一張矮腳的小炕桌，放在炕中央。沈大龍已把菜餚搬到桌子上，招呼著對我說：
「老弟，你到炕裡面，銀花也過去。」
「我坐在外面就好了。」我朝銀花看一眼。
「別囉嗦，今天用不著客氣。」

十八

我脫了鞋子爬到炕裡面，心裡面怪彆扭，和銀花兩人像兩個木偶，儘著人擺弄。銀花好像沒聽到，抬著屁股挪了好幾下，才挪到桌角上。沈大龍看著不耐煩，把手朝她猛一推，讓她差一點倒到我懷裡。我連忙伸手扶住她，把一綹掉下來的頭髮給抿回她頭頂上。

金花在杯子裡斟好酒，和沈大龍坐在炕沿上。

「這一杯大家都要乾。」沈大龍拿起杯子說。

我和金花都舉起杯子來，銀花卻一直低著頭；手裡那條小手帕，還不停的在扭動；好像要扭出什麼花樣來。我輕輕抵抵她，把杯子拿給她。

「我們乾了吧。」

「我不要。」聲音低得像蚊子哼。

「你先儘量喝，剩下的我替你。」

大家把酒乾了後，沈大龍便對金花說：

「我們也走吧，好讓人家喝個合歡杯。」

送走了沈大龍和金花，我便把門閂緊了。

「為什麼不說話？」我又回到銀花身旁。

她輕輕搖搖頭，突然一顆淚珠流到她臉上。

「怎麼哭了呢？」我這句話不要緊，她更傷心的揩淚了。

「說話嘛，不說我怎麼會知道。」

「我怨我的命。」

「你是說你不喜歡我。」

她看看我說：

「我是在想別的。」

「喝酒吧，我們慢慢喝著談。」我替她揩乾淚，用手托起她的下巴頦，輕輕在她額上親一下。

「我不能喝多少，喝多會醉的。」

「隨你的意喝，能喝多少喝多少。我也是不能喝，我們誰也別客氣，想吃什麼菜，讓我夾給你。今晚你做的菜真好吃，我從來沒吃過這樣好的菜。」

「你還不是對我客氣。」

「你剛才在想什麼？能不能告訴我？」

「我是想我從小到現在，已經十八了，沒過一天好日子。如今碰到你，也算有個依靠了。不論你待我怎麼樣，我一輩子都要跟著你。」她的淚珠順著腮幫子往下滴。

「你放心，我一定不會薄待你。」
「我知道你是個好人，所以才肯答應。」
「我一定會像明媒正娶一樣對待你，和你廝守一輩子。我要變了心，受雷打霹靂轟。」
「我知道我不配。」
「你配的，你是個多麼善良的小女人。」
「可是我出身不正氣，我是個說書的。」
「我不會計較那些的，我要的是一顆心；只要你心地好，過去做什麼我都不計較。」
「你這話是真的？」她眼淚汪汪抬頭望著我。
「你要我怎樣說才好呢？叫你摸摸我的心，你又摸不到。我要變了心，你就咒我好了，叫我死無葬身之地。」我拉著她的手，放在我心口。
「我也不會咒你，我怨我的命。」
「別再傷心了，我倆乾了這一杯。」
「我那個杯子裡還有。」
「這叫做合歡杯，一人喝一半。」
窗外有人哈哈笑起來，我吃了一驚說：
「窗外什麼人？」

「還不是沈隊長，他老喜歡捉弄人。」
「還嘮嘮叨叨的幹什麼？」沈大龍在外面說話了。
「再來一杯吧？」我對窗外說。
「俺那邊也有呢。」
「沒想到他會在窗外聽。」
「他卻是個大好人，雖然粗一點，倒很夠朋友。」
把酒菜撤下去，銀花也卸了裝。我拂開她額上的小瀏海，在上面輕輕親了親。
「你也不規矩。」她嬌羞的躲著說。
「我……」
她的臉上泛上紅暈。
「這樣坐著說話不好嗎？」
「就這樣說一夜。」
「我有好多的話要跟你說。」
「真有那麼多話跟我說嗎？你就說上一夜吧。」
「我偏不說了。」
「那做什麼呢？」

「我也不知道，只知道我已經是你的人了。你要怎樣就怎樣。」

十九

砰砰的敲門聲，把我從夢中驚醒了。睜開眼睛看看，太陽已經高高照在窗子上。銀花還在睡，樣子很甜蜜，耳環上那塊綠瑩瑩的大翡翠，亮晶晶的擱在脖子上，把個粉白的頸子襯得肌理光澤，使人不忍喊醒她。我把她仔細瞧了瞧，銀花可真是個美人胚子！便忍不住在她小臉上親一下。

她輕輕睜開眼，掉頭躲開我。

「你真可愛，銀花。」

「為什麼不睡了？」

「有人敲門呢。」

「誰？」銀花從被子裡抬起身，露出兩條又細又嫩的白膀子，我伸手去拉她。

「不要。」她拉起被子掩住身體。

「別那麼親熱了，快開門吧。」沈大龍在門外叫。

「起得那麼早幹什麼？」

「太陽照到屁股上了。」

我等銀花穿好衣服，才下炕給沈大龍開門。他手裡端著一個紅色的木托盤，裡面放著四條滾圓的大紅封。

「你拿的是什麼？」

「是給銀花的錢。」

我閃身讓開路，把托盤接過來。沈大龍一腳跨進門裡，便盯著銀花端詳說：

「俺來恭喜你，怎樣謝俺呢？」

銀花羞得滿臉飛紅，又把頭低下。

「又裝奴家了，怎麼那麼不大方，這是給你的錢。」沈大龍指指托盤裡那幾個大紅封，拿起一個兩手掰開，五十塊白花花的大頭嘩嘩啦啦滾到托盤上。

「我不要那個錢。」

「那是什麼意思？」

「我當初就沒有講要錢，我早就對你說過了；我只要張隊長這個人。」銀花仍一逕的低著頭。

「你真成呀，老弟，睡了一夜錢都不要了。」

「誰說妹妹不要那個錢。」金花從外面妖妖嬈嬈走進來：「她是不好意思，我先給她收著吧。」

「你收什麼，這是給銀花的。」
「我們姐妹什麼都是不分的。」
「別說的那麼好聽。」
「你還不放心我？」
「你別拿去自己花了。」
「你真沒良心。」金花狠狠朝沈大龍臂上擰了一把，卻又撒嬌的靠到他身上：「我什麼時候騙過你，銀花是我的親妹妹。我儘管騙誰，也不能騙自己的妹妹呀。」
「這個錢無論如何你都不能拿，你用錢可以向俺要。」
「你還不是個小器鬼。」
「昨晚俺又答應給你二十塊。」
「噯喲，好大的口氣噢，好像誰很稀罕似的。」
「二十塊你還嫌少，俺給你算算看，夠不夠你用。現在大白麵一塊兩毛錢一袋，豬肉一斤一毛半。房子錢還是俺出的，另外你和銀花賺的錢，也是丁是丁，卯是卯，分得清清楚楚的。其他零七八當的，不過塊把兩塊錢，就綽綽有餘了。俺一月給你十塊錢，有什麼不夠花。」
「我就不做件衣服了。」

「你那回做衣服，不是俺另外給你錢。」

「好了！好了！你們別再爭吵了。」我見他倆你一言我一語互不相讓，怕會吵起來：「這個錢還是金花收起來，你們是親姐妹，還分什麼你我。」

「我才不管哩。」金花把嘴一撇說。

「要為這點小事傷和氣，那才不值得。」

「要跟他攀一樣，早就不理他了。」

「少說一句吧，來！來！把錢收起來。銀花現在也不用；用的時候再找你拿。」我端起托盤往金花懷裡塞，她接過托盤時，咧開嘴笑了。

二十

早飯還是銀花親自下廚的，沈大龍還在生悶氣，一聲都不響。早餐過後，我們必須動身回營。銀花把我拉到炕沿上，嚶聲婉轉依依不捨的，要我千萬不要忘了她。我也一再的安慰她，只要一有空，就會來看她。我親親她的小嘴唇，才和沈大龍離開了。我走到街頭回頭看看，銀花猶佇立在門口向我遙望哩。

出了城門，沈大龍才感慨的說：

「老弟，俺今天是真夠忍耐了，如果不是看你和銀花的好日子，俺不砸扁她才怪哩。」

「你也管的太寬了，她姐妹的事，隨她們怎麼辦？」
「你不知道，那個女人太貪了。」
「她們是姐妹，她給銀花收起來，也是理所當然。」
「她欺負銀花老實，就吃定銀花了。」
「以後銀花有我養活，也不用那個錢。」
「你不養她的時候，她靠什麼過日子。」
「我已經答應討她做老婆，怎麼會不養活她。」
「你可真要鬧笑話了，在我們家鄉裡，誰要討個說書唱戲的女人做老婆，死了都不准進祠堂。」
「你那麼個拓拓落落的男子漢，還會有那種想法。你知道不知道?風塵出俠女，那種感情就更珍貴。因為她們經歷過許多不尋常的事，越發會自愛。像銀花還不是清清白白的，我想她一定會跟我規規矩矩過日子。」
「誰叫她，生來就一個苦命呢。」
「我不管，我只要愛她，我就要娶她做老婆。」
「哈哈——」
到了昨夜遇到狼的地方，那幾滴紅紅的鮮血還留在雪地上。我們順著血跡走到樹林裡，進去沒有多遠，血跡便不見了。只有一具狼的屍體倒在地上。

「多好的狼皮，糟蹋成這樣子。」沈大龍用腳踢踢。

「說不定，是那頭大狼把牠咬死了。」我想了想說。

「不會的，狼跟人不同，牠們同類不相殘的。」

「餓嘛！人要是餓了，也會人吃人的。」

「你不信就算了。」沈大龍把頭搖了搖。

二十一

一進門就碰到林阿虎，嘟嘟囔囔對我說：

「隊長啊，昨晚那頭狼又來了。」

「你在什麼地方見到牠？」

「我站衛兵的時候見到的。」他婆婆媽媽拖著我，到營門口指手畫腳的說：「就是在那裡，還拖著那條鐵鍊子，對我直搖尾巴呢。」

「為什麼不打牠？」

「我下不了手，牠對我搖尾巴，我怎麼打牠。」

「你成『東郭先生』了，早晚會變成狼口裡的肉。」

「牠才不會咬我，我們已經成了好朋友。」

我笑著看看他，他那個神氣活現的樣子，使我又好笑又擔心。便拍著他的肩膀警告說：

「別那麼傻里傻氣的，你跟狼去拉交情，那是想死不揀好日子。以後晚上站衛兵，要特別小心了。牠見你好欺負，會專門來對付你。把刺刀鑲到槍上，不管牠搖不搖尾巴，就用槍打牠。」

「牠要搖尾巴，我可不能不講理。」

「我看你是唸書唸迂了。」

陰曆年很快就來了，除夕那天晚上，沈大龍一高興，把金花姐妹都接來吃年夜飯。吃過晚餐後，我們又騎馬送她兩人回城裡。沈大龍因為酒喝的太多了，便留在金花處。銀花雖然一再留我，我怕弟兄們酒醉會鬧事，堅持要回去。我回到營房，立刻挨著寢室巡視。那些灌足酒的酒蟲子，一個個都躺在炕上呼呼嚕嚕打鼾，屋子裡都是酒味。祇有林阿虎沒有睡，獨自坐在桌子前，手裡拿著三個小銅錢，搖得格格郎郎響。

「怎麼還不睡？」

「我在給沈隊長占卦呢。」

「占他的什麼？」

「看他能不能和金花姑娘和和氣氣過日子。」

「人家那麼好，還會不和氣。」

「我看金花姑娘的眼睛不正氣。」

「別胡說。」我不讓他說沒影的話。

「你又不信了，隊長，我會看相呀。」

「你占的怎麼樣？」我隨口問了一句。

「卦象不好呢，我想給他另占一個。」

「怎麼個不好法？」我好奇起來。

「我也不知道，可是我知道不是好卦。」

「你什麼時候學會占卦的？」

「我在家就會了，我給隊長占個好不好？」

「我從來不信邪門歪道的事。」

「其實隊長不用占，就知道是好的。」

「你又怎麼知道呢？」我更感好奇了。

「因為銀花姑娘是個好女人，看得出來的。」

「趕緊睡覺吧。」

「馬上輪到我的衛兵了。」

「小心那隻狼。」

「你放心，隊長，牠不會對我怎樣的。」

二十二

我從營門走出去，站在營房前面的廣場上。好些日子沒有落雪了，地上還是那麼厚。月牙兒掛在樹梢上，我在那裡蹓躂著，勾起對銀花的懷念。那個小女人，對我真是好極了，溫柔得像一頭小綿羊，我說怎樣便怎樣。現在她已經不到書院說書了，每天關著門，在家裡讀書、寫字、做針線活計。安安靜靜的，難得出門一次。每次我回去，總要教她幾首詩詞兒；到了第二次回去時，她便背得滾瓜爛熟了。這樣的好女人，真是打著燈籠都沒處找。過了春，我就要寫信回家去，徵求父母的同意；然後正式辦個手續，好好舖張一下子。請上幾桌客，使她名正言順的跟著我。

我回去的時候，林阿虎已經上崗了，武裝整齊的。手裡拿著支大步槍，刺刀高出他一個頭。威風凜凜的，真像天塌了，他都能撐得住。

「一定注意了。」我又囑咐他。

「牠不會咬我的。」

回到寢室，剛脫掉衣服想就著爐子烤烤火，外面便傳來一陣悽慘的叫喊聲：「救命啊！

救命啊！快救命啊！」我猜是林阿虎出事了，大衣也顧不得穿，抓起一支手槍便往外跑。這當兒弟兄們也驚醒了好幾個，一哄子到門口看光景。果然沒有錯，我們到達那裡時，林阿虎還躺在地上掙扎呢，身上的衣服都被撕破了。

「你怎麼倒在地上使本領？」一個弟兄扶起他。

「那頭狼又來了。」

「你的朋友來看你，不好嗎？」

「牠想咬我呢！」林阿虎用手比劃著：「牠來的時候好老實，把尾巴伸過來要我摸。可是那傢伙不算一個好朋友，我摸著摸著，牠突然把尾巴一撲拉，打到我眼上，就把我打倒了，接著張口就咬我。幸好我槍上有刺刀，把牠擋住了，你們出來牠才跑掉了。」

「你朋友來了，你應該請請客。」一個弟兄挖苦他。

「要你打牠，你不信。」我又好笑又好氣的說。

「我以後見到牠，一定活吃牠。」

惹得弟兄們哈哈大笑了，我見他衣服上破了個洞，恐怕會凍著，便叫下一班衛兵把他換下來，他還嘟囔說：

「我對牠那麼好，牠還來咬我。」

二十三

那天沈大龍來看我，一見面便吆喊道：

「老弟，俺又見到那頭狼了。」

「還說呢，林阿虎差一點被牠吃掉了。」

「俺說你那個兵，要好好訓練訓練他，別菩薩似的。練兵就要像打鐵一樣，越打越結實。像俺當初那種水裡來，火裡去；所以才天不怕，地不怕。像他那個窩窩囊囊的樣子，那裡像個兵。別說狼會欺負他，就是綿羊見了他，也會對他觸兩角。」

「他那人不怨別的，只怨書讀的太多了；裝在肚子裡沒有消化，變成書呆子。」

「可憐！那種兵要給俺，早打發他回家了。」

「你在什麼地方遇到狼？」

「俺昨晚又去看金花了，俺知道你忙，所以沒跟你打招呼。那傢伙吃腥了嘴，又在大斜坡的路旁等人呢。不過牠對俺沒有法子，見了俺靠都不敢靠近。俺在地上跺跺腳，牠便跑得遠遠的。」

「真是一物治一物。」

「俺早晚要吃牠個虧。」

「那是怎麼個說法？」

「俺有個感覺。」

「見到銀花嗎？」

「她想你想的飯都吃不下，俺真看走眼，沒想到銀花是個那麼好的女人；你要不回去，她連大門都不出，你娶到她真是有福了。俺已經和她說過了，你星期天會回去看她的。不過金花那傢伙，嗨……」他抬手用力搔搔頭，嘆了口氣沒有說下去。

「怎麼？你們吵架了？」

「我真想宰了她。」

「到底為什麼？」

「不談了。」

二十四

星期天我去看銀花時，沈大龍沒有去，他說要到山上去找那頭狼。那幾天牠又作了幾次孽，鎮上少了一頭豬，另一個村子丟了兩頭羊。豬的殘骸在蟒神廟下面的窪地裡找到了，羊卻連影子都不見。他說做這個孽的絕不只一頭狼；一頭狼一天絕吃不了那麼一頭大肥豬。我知道他不去看金花的原因，絕不那麼簡單。他過去總是三天兩日便跑去，有時一高興，半夜騎馬便走了。現在他有一個禮拜沒去，我們一起騎馬出發，到大斜坡便分手了。

銀花關著門在房裡練毛筆字，見到我進去，便飛似的過來拉著我的手說：

「快快，你看我把那幾個字忘記了。」

「忘了該挨打。」

「沈隊長怎麼沒有來？」

「他打獵去了。」我在炕沿上坐下：「他說那頭狼早晚會給他個虧吃，所以一定要打到牠，免除後患。不過據我猜，一定有別的緣故。」

「他對你說過什麼了？」

「沒有。」

「沈隊長是個好人。」

「是不是跟姐姐吵架了？」

「我從來不管他們的事。」

「吵架沒吵架，你總是會知道。」

「你先休息休息，我去做飯給你吃。我知道你今天會回來，特地買了隻大雞燉在鍋裡等你。」銀花說著便像燕子一般飛開了，她既然不肯告訴我，我也不便勉強。男人跟女人吵嘴打架的事，還不是些狗屁倒灶的玩意，只要兩人上了床，就雨過天晴了。

銀花剛出去不久，金花卻推門走進來。

「張隊長，沈隊長怎麼沒有來？」

「他今天有事情。」

「他有事？他是想躲開我。」

「那裡會呀，你倆那麼好。」

「哼！那麼一個大男人，卻小器的要命，那天我表哥來看看我，他就大驚小怪的了。你回去捎個信給他，他來不來我不管，這個月的錢要早早給我送過來。」

我不便說什麼，只有答應著。從銀花那裡回到營房時，沈大龍卻坐在我房裡等我。

「金花在沒在家？」

「還問呢，人家想你想的不得了。」我不能把金花告訴我那些話，再傳到他耳朵。

「見沒見到她表哥？」

「沒有。」

「銀花有沒有跟你提到他？」

「銀花什麼話都沒有說。」

「俺猜那個小娼婦在騙俺。」沈大龍把拳頭砸到桌子上，震得上面的雜物嘩啦嘩啦響。

接著又說：「俺以前從來沒聽說她有什麼表哥的，現在忽拉巴子鑽出那麼個雜種。這還不要緊，那有表哥、表妹，三更半夜關著門，住在一個房子的；等俺到了後，敲了半天門兩人才出來，嚇得什麼似的，夾著尾巴就溜了。你說俺氣不氣？」

「那麼冷的天，關著門烤烤火也是常有的事。」我知道事情很嚴重，沒有什麼把柄卡在沈大龍手裡，他不是那種疑神疑鬼的人。

「那他怕什麼？」

「你那個兇勁，人家誰不怕？」

「哈哈！」沈大龍悲愴的笑起來：「俺自從改邪歸正以後，從沒戳過人一指頭。俺知道俺的手重，一出手就要傷人的；所以什麼事都忍著。不過俺知道，那兩個雜種在一起幹不出好事來；俺是幹什麼吃的，混了這麼多年，連這麼點苗頭還看不出來，不是白活了。不過你放心，老弟，俺沈大龍是個鐵錚錚的男子漢，不會和一個女人去計較，最多一腳把她踢得遠遠的。」

「今天找到那頭狼沒有？」

「打什麼狼啊，散散心罷了。」

二十五

陰曆的正月裡，隊上的空閑比較多，我和沈大龍得空就往城裡跑。他已經和金花和好了，兩人歡歡喜喜的；但他眉宇間好像老鎖著一股沉重的憂鬱，我也不便問。有一天我們在金花那裡吃飯，果然碰到她那個表哥。他是個很體面的人，穿戴的很整齊，會說善道，對沈大龍一口一個沈隊長，把沈大龍捧得不知姓什麼。金花也趕著他喊表哥，樣子蠻親熱，銀花卻默默不理他。

於是有一天，我挖苦沈大龍道：

「你也是屬狼的，疑心大。」

「俺疑心過誰？」

「你不是說金花跟她表哥不乾淨，現在你可以看出來，人家是一個多麼好的人。」

「你等著看他們的好戲吧。」

「只要不演『鐵公雞』，唱什麼都好看。」

「不過金花這些日子好好哇。俺也不管了，痛痛快快玩玩吧，何必去操那些心。」

「都是什麼地方好？」我只隨口回了一句。

「說出來太髒了，自己想想吧。不過你說俺屬狼，也不冤枉俺。可是金花對俺好，也不是懷什麼好心眼；還不是想多騙俺幾個錢，好和小白臉開溜。」

「你總是不往好處想。」

「花錢玩女人，還會有好報應。」

「我和銀花就不會，一定能相親相愛一輩子。」

「天底下有幾個銀花啊！」

「不過你這輩子也算值得了。」

「有什麼值得不值得，你知道俺心裡多苦，夜裡覺都睡不著。混了半輩子，沒碰見個知心的女人。過幾天俺要請個假，去看活閻羅的女兒。」

「又到她的忌辰了？」

「俺只是這幾天想她想得厲害，老是夢見她，一刻都不能忘掉。所以必須去看看，多帶點香呀紙錢呀，好好祭祭她。俺一輩子就碰到她一個人，要是她在俺身邊，俺什麼都不想了。」沈大龍臉上又有淚痕了。

「你也是個多情種子。」

他又嘆口氣，把臉上的淚痕抹掉。

二十六

有一天我和沈大龍到城裡，因為隊上有事情，走晚一點，到達她們姐妹處，兩人已經睡覺了。銀花聽到我叫門。很快便迎出來，金花睡得可真死，沈大龍敲了半天，才懶洋洋的答應著。

「你們怎麼這時候跑來了。」銀花的神色很慌張。

「想你了，來看你不好嗎？」

「你又撒謊。」

「你那個小心眼，怎麼那麼多鬼。」

她不說話了，躺在炕上瞪著眼，老是眨呀眨呀的望著屋頂，好像心神不寧似的。一陣急風從屋頂上掃過去，掃下一片雪碴子，掉到院子裡。

她驚駭的把身體顫一下。

「你好像有心事？」

「你別說話。」

「怎麼了？我話都不能說。」

「不是的，我是在聽呢。」

「聽什麼？」

「我怕姐姐會和沈隊長吵起來。」

「真是『杞人憂天』了，無緣無故吵什麼？」

「你不知道的。」

「他們這幾天不和氣？」我耽心的問。

「不是的。」她想了一下搖搖頭。

「那還有什麼好吵的？」

「你好像有話不肯告訴我。」

「你別老問嘛。」

「告訴你，會出麻煩的。」

「你是怕我會把話傳過去，不會的。沈隊長最聽我的話了，我會幫你姐姐勸勸他。」

「你這話是真的？」

「難道我要他們吵起來，我好看熱鬧。」

「你知道姐姐做了對不起沈隊長的事。」她又想了一下說：「今天晚上她房裡，另有一個人。」

「誰？」我緊接著問。

「那人你也見到過，就是我姐姐說的那個表哥。其實才不是什麼表哥哩，你見過我幾時叫過他表哥，是姐姐在書院裡認識的，兩人就好起來。」

「你是說那人是姐姐姘的小白臉，那倒是一件傷腦筋的事，你為什麼不勸勸她？」

「我也說過好幾次，她都不聽，她說沈隊長不會知道的。因為想不到你們今天會來，所以他來了，被沈隊長堵著出不去，被他看到就糟了。」

「你千萬要警告她，沈隊長早就疑心了。你沒發現他這些日子來的次數少多了，鬱鬱寡歡的。」我一聽就知道不妙，先示警的對銀花說。

「我也覺得沈隊長的態度有點變。」

「真是太險了。」我從炕上爬起來：「我去叫他到院子談談話，你們趕緊想法子。」

「你現在不能驚動他，驚動了他就更疑心了。」

「他要知道了，會宰了你姐姐。」

「我猜他一定躲在姐姐房裡那口大櫃裡，沈隊長已經睡下了，只要他不動，沈隊長就不會曉得。你可以這樣子，明天一早就把沈隊長喊走。」

那一夜我和銀花都沒有睡穩，她連跟我好的時候，都心神不寧。我也一直在思量，是不是該把真象告訴沈大龍。他那個火爆脾氣，要知道金花姘了小白臉，不白刀子進，紅刀子出才怪哩。天剛朧朦亮，銀花便慌著把我喊醒了。

「老沈，回去了。」我敲著金花的門。

「這麼早你雞貓子喊叫做什麼？」

「我一早還要集合弟兄們有事。」

「被窩好暖和，我不想回去了。」

「走嘛，兩人做個伴。」

「你先回去吧。」

「要餵了狼就糟了。」

「膽子那麼小，乾脆回家吃奶去。」我聽到他起床了，還親親熱熱跟金花話別哩。

出了城門，沈大龍便開口了：

「你不知道哇，老弟，金花昨天待我特別好。」

「那樣好不好？把她姊妹倆乾脆搬到我們鎮上，免得跑來跑去，連個照應都沒有。」我看看沈大龍，跟他商量：「金花也別再說書了，你給她那些錢，儘夠她的開銷了。」

「是銀花說的嗎？」沈大龍反問一句。

「她說那樣大家都方便。」

「你們真是熱的分不開。」

「你也別說我，你還不是被金花一浪，魂都沒有了。」

二十七

星期天我便和沈大龍去跟金花姊妹商量搬家的事。銀花沒有意見，她說我要她到那裡，她就到那裡，只要我不把她甩掉就成了。金花好像不願意，說鄉下不方便，缺東少西的。可是沈大龍堅持要她搬，她也沒有法子。便和沈大龍商量：過兩天就是「二月二龍抬頭」的日子了，蟒神廟逢廟會，到城裡的人一定也很多，她想趁機再做兩天生意，然後收起心來過日子。沈大龍起先堅決不答應，金花就哭鬧，說沈大龍一點良心都沒有。我怕事情鬧僵了，便勸沈大龍；她是最後一次說書了，便讓她一次吧。遲個三天五日再搬，也不會礙事。

蟒神廟逢廟會那一天，隊上也放了假，讓弟兄們出去逛逛。我想約沈大龍一道去看光景，找到他的時候，他正帶著一支步槍騎馬要出去。

「你要幹什麼？」

「去找那頭狼，你知道不知道？昨晚又出事了！狼又在大斜坡上吃了人。鎮上的人都說只有俺才能治牠，都來求俺呢，所以不能不管。」

沈大龍說完便馳馬出發了，我一個人到了蟒神廟，廟前那片空地上，滿山滿谷都是人。戲臺上正鑼鼓喧天唱酬神戲。四周的田野裡，擺著許多大大小小的地攤子、賣麵的、火燒的；糖果攤子上，圍了一群野孩子。騾馬行的經紀人，大聲吆喊著。穿著花紅柳綠的大姑娘，成群結隊在人叢中來往，故意向人賣風情。

我看了一回兒戲，覺得沒有意思，便踱著步子到雜貨攤子上轉轉，想給銀花買點心愛的東西。東西沒買成，林阿虎卻急氣敗壞的跑到我面前。

「隊長，不好了，沈隊長要殺人。」

「在那裡？別慌成那樣子，把話說清楚。到底為什麼。」

「我也不知道。」

「他要殺的人是誰？」

「好像是金花姑娘和一個男的。」

「帶我去看看。」聽說是金花，我更著急了。

林阿虎帶著我朝鷹翅山的右側走過去，那邊有一條大路，是從城裡通往別個城裡的。趕廟會的人雖然多，卻都集中在蟒神廟前後，那兒反而很冷清。

「在那裡。」林阿虎老遠便站住了，手指著說：「你自己過去吧，我可不敢過去。」

我大步的走過去，看到地上跪著兩個人，一個果然是金花，一個是她姘的那個小白臉。金花手裡拎著一個小包袱，男的身旁放著兩個大皮箱。沈大龍站在那裡像塊大石頭，臉上青筋一根一根暴起來，端著步槍指著地上的人。那匹馬拴在路旁一株樹上。

「怎麼回事啊？」我故做輕鬆說。

「老弟！你來的正好。」

「這是做什麼？」

「你問他們，想背著俺私奔呢。」

「張隊長，你要幫我說句好話。」男的磕頭說。

「張隊長。」金花哭哭涕涕的說：「你不看我的面，也得看銀花的面，我和她是親姊妹啊。」

「老沈，你可不能下手。」

「俺宰了她，還嫌手髒。」

「那就饒了他們吧。」

「你身上有多少錢？」

「有二十幾塊大頭，準備給銀花買東西。」

「先借俺二十塊，明天還你。」

我把錢掏給沈大龍，他自己也到口袋摸一下，也摸出十幾塊，把手一揚一齊扔過去說：

「帶著快滾吧，別叫俺再碰上。」

「謝謝你大慈大悲，沈隊長。」

「銀花呢？」我問金花。

「她在家裡哭呢。」

「走我們的，老弟。」沈大龍一把抄起我的手：「這樣的賤女人，俺看一眼都噁心。」

「你還要到那裡。」我關心的問沈大龍。在那個情形下，我怕他一個忍不住，做出別的事情。

「還有什麼地方好去，回去了。」

「打沒打到狼?」

「女人都跟別的男人跑了,還打狼幹什麼!俺以後也不會再打狼了。牠不過是餓了,才會傷人。可是人呢?卻什麼事情都做得出來。」沈大龍一抖馬韁繩,便霍喇喇的跑開了。

我把沈大龍的話放在嘴裡嚼了嚼,又回到蟒神廟。一個貨郎正在那裡吆喝著賣布匹,滿地都是紅紅綠綠的綢緞。我突然想起,應該給銀花買一塊花布,做一條花裙子。

本文曾在【幼獅文藝】連載並收錄在幼獅文藝十二月號第二十九卷第六期第一八〇號,一九六八年十二月一日出版。

星星

一

爬上山坡，我們疲憊的舉步都很艱難。經過一晝夜的奔走，總算脫離戰場。可是班上十二個弟兄，安全歸來的，只有我們六人。

山坡上，林木蒼郁，我們拖邐而行。一旦心理上有了安全感，渾身每一個節骨眼，都是酸的。依照命令的指示，我們應該在這裡遇到接應的部隊才是；等找到他們之後，才能好好弄頓飯吃，好好的睡一覺，然後再去找部隊。轉過一個小山腳，我們看到幾個戰士在一個突出部上構築工事；一個高個子軍官模樣的人，拿著一根手杖在旁邊指揮；從他們的服裝，我們辨出來是友軍。一時精神倍增，邁著大步走上去。

那軍官見到我們，便迎著走過來。他站到我們跟前時，我才看出他是一個少尉，手裡拿的是一根竹棍子。大概是工作熱了，軍帽推到後腦勺上，露出一個寬闊的楞角分明的前額。再順著臉頰陡直的切下來，到了嘴巴兩邊，才相對著緩緩斜進去，會合在下巴頦；形成一個方方正正的大臉。再加上那個大半公尺寬的肩膀和鼓起一個疙瘩一個疙瘩的粗手臂；靠得近了，使人渾身都起雞皮疙瘩。

「你們那裡來的？」

「剛從前線下來。」走在前面的王仲則說。

「你們這幾個人誰負責，出來跟我講話。」他揮動一下竹杖，好像要打人似的。

「我！」我趕上去說：「我是班長。」

「我這個領章看到沒有？」他指指衣領上那條扁擔。

「看到了，少尉！」

「看到了為什麼不立正站好？」

「我們走的太累了，並且這是戰場。」

「沒有理由講！」他大聲吼著：「站好！站好了再對我講話。你們要到什麼地方？」

「去找我們的部隊。」我趕緊立正站好，看他那個洶洶的氣勢，再不立正，竹杖一定會落到我的頭上了。我卻沒有膽怯，跟他開門見山的說：「不過，少尉！我們得請你給我們一頓飯吃，我們已經一天沒有吃飯了。」

「吃飯沒有問題，但你們必須留在這裡。」

「我們留在這裡做什麼？」

「作戰！做什麼！還會叫你們在這裡吃飯。這裡馬上就要進入戰鬥，我們正好缺幾個人，你們可以補上。等戰鬥結束時，你們再去找部隊。」
「報告！少尉！我們上級在命令中已經交待好了，要我們完成任務，馬上回去報告。」
「現在是在我防區內，我的話就是命令。」他大概沒想到我會對他提出抗議，所以吼的更高。
「報告！少尉。我們也是奉命行事，上級命令我們戰鬥結束了，就要回部隊報告，你沒有理由把我們半路攔下。」
「這是因為戰鬥需要。你應該知道，在戰場上，戰鬥重於一切。不要再講理由了，沒有用的。杜副班長！」他回頭向一個做工的士兵招了下手：「帶他們到排部去休息，叫伙夫馬上給他們煮飯吃，這個拿去給他們買幾個雞蛋加菜。」他一面說著，一面打開口袋掏出兩張五塊錢的鈔票。
「你不講理嘛！少尉。」
「什麼？我不講理？」他差一點跳起來。
「你當然不講理。」我沒有被他那個要吃人的樣子嚇倒：「你不是我們直屬長官，你沒有理由命令我們。」
「我不能命令你們，你什麼階級？」
「上士。」

「我呢？」他指著他的領章。

「少尉。」

「好！」他突然心平氣靜下來：「你既然認識階級，也應該知道階級服從，我是國家的軍官，就有資格命令你這個國家的士兵。不要廢話，一萬個理由都沒有用處。」

我還要再講話時，他招呼的那個杜副班長已經過來。他揮揮竹杖要他帶我們走開，他也轉身向工地走去。

二

那個杜副班長名子叫杜福，有二十多歲的樣子，個子矮矮胖胖的，滿臉滿顒好像沒有一點骨頭。短鼻樑下面的鼻尖，像一個小肉團，鼻孔向上翻著，嘴巴周遭隱隱約約現著一圈，若有若無的黃髭髭的鬍毛。一條寬皮帶勒在那個水桶般的腰裡，我真擔心會把他的腰桿勒斷。

「這個少尉是你們排長？」我問他。

「是的。」

「碰到這樣的排長，該倒八輩子楣了。」王仲則插嘴說。這傢伙就是一張嘴，碎的什麼似的，沒有他服氣的事情。就是怕別人對他兇；那也只能讓他停止五分鐘，一轉開身，他又嘎呀嘎呀的逞能了。

「你別看他那樣兇，卻是個好人。」

「好人？你看他那個兇兮兮的勁兒！我看哪！他一定不是吃五穀雜糧長大的，一定是打野食打大的。班長！我們應該怎麼辦？我們可不能聽他的；我們已經打了幾天仗了，可不能再打了呀！」他裝腔做勢的打了一個呵欠：「阿呀！累死了！我說班長，他憑什麼指揮我們？不過一條扁擔，就臭美了。我們怕什麼，他們有槍，我們也有槍，了不起跟他幹一場。」

我沒有理他，我在考慮如何應付這個局面。我們在戰場上熬過了三個晝夜，又奔走了這麼久，每個人的體重起碼輕了五公斤，這可從每個人疲倦的眼神，與肌肉鬆弛的兩頰上看出來。因此要叫我們再從事一場戰鬥，實在吃不消。而最重要的，還不是這個，如果讓我們好好休息一兩天，我們的戰力一定會很快就恢復。我考慮的，是回到連裡，如何向連長交待。我記得清清楚楚，連長把任務交給我的時候，握著我的手用哽咽的聲音說那兩句話：「這件事就交給你了，岳班長！你自己珍重吧。」我也曾把他的手用力搖搖，向他保證，一定會不負所託。當時我們全班都集合在連長的面前，大家都用悽惶的目光，看看連長，又看看我。大家都明白連長的話是什麼意思。

那就是——死！也要達成任務。

於是他們都走了，只留下我們班十二個人，孤零零的守著一個山頭。到了晚上，戰鬥便發生了；我們只憑一挺輕機槍和幾枝步槍，抵擋了敵軍的攻擊。我們的身體被敵炮轟得在地上跳，揚起的泥土差一點把我們埋掉。

我們堅持著，堅持著，堅持了兩個晝夜；才遵照預定的命令離開那裡。可是我們十二個人，整整去了一半；每個人死去的時候，我都親眼看到過。連長把這個班交給我，是要我對每一個人的安全負責，我望著他們絕望的神色，卻對他們沒有一點幫助。機槍手張效舜，是一個老兵，因為他的機槍吞下去敵兵太多，第一個便被敵炮找到目標，轟的一聲，半個身體便血肉模糊。他拉著我說：「班長！我十八歲就當兵，今年三十了；我家裡還有一個年老的母親。」他說著淚水就從眼睛裡流出來。還有林思榮，今年剛剛二十歲，家裡被鬥爭，父母被殺了。他逃出來，原想從軍復仇；當敵人的機槍貫穿他的心臟時，他還大聲的叫著：「我不能死的！我不能死！我還有……」最後一句還沒有說出來，就沒有氣了。

最使我無法忘記的，是周健人的負傷。他因為姿勢太暴露，被敵軍的重機槍釘上了，格格格一陣子，身上就是三個窟窿。他叫著，在地上打滾，鮮血把衣服都染透了。他躺在那裡一動都不動，我以為他已經死了；可是突然之間，他又大聲叫起來。他這樣大喊大叫有一個鐘頭，等罪受夠了，才閉上眼睛。

我搖搖頭，不願再想下去。無論如何我都不能接受這個少尉的要求；我一定要把這幾個人安全的帶回去。如果他們再有傷亡，我有什麼臉面回去見連長。

「你們要想不答應他，卻不容易。」杜福講話了：「我們排長是個說一不二的人。」

「他對你們當然可以了，對我們卻沒有用。」王仲則緊接著說：「我們不聽他的，他有什麼法子。難道架起機槍來，攔著不讓我們走不成。」他接著又轉身看看我：「對不對？班長！他憑什麼不讓我們走？」

杜福只輕輕笑了一下，沒再說什麼。從他們的陣地，到他們的排部，只不過幾百公尺。那裡有一個小村子，有三五十戶人家，依著山勢建築得零零落落；在村子中間有一條蜿蜒不整齊的小街，鋪著崎嶇的石子路。排部是借住在村頭的一間大空屋子裡；門前有一個很大的空場子，東一堆西一簇的放著一些牧草和乾木柴；幾隻老母雞在草地旁邊一面用腳爪抓扒，一面撅著尾巴覓食。

排部的門口，有一個衛兵荷槍而立。杜福向他說明之後，他就讓我們進去。在房子裡面，有三個用稻草搭成的馬蹄形的地鋪。杜福讓我們自由的休息，他還要去吩咐伙夫給我們弄飯菜。出去的時候，在門口又跟衛兵唧咕幾句。大概是要他看著我們，不要讓我們跑掉。

顯然的，六個人都對這個問題，表示極端關切，卸掉行裝後，大家連疲乏都忘了，便熱烈的討論起來。通常的情形都是王仲則第一個先發言：

「班長！你千萬不能跟這種人講理，這種人是不講理的；你要被他壓著了，他連你的血都會喝掉。」

「是啊！他憑什麼留我們？我們憑什麼替他們打仗？」又有人開口了。

「你要留，你留在這裡好了，班長。我可不要在這裏；我還有兩個金戒子放在排長那裡。你知道他為什麼那麼兇，他是仗著人多欺負我們。」

我不開口讓他們講去，我知道這是個困難的局面。

他們吵了半天，還是沒想出個妥善辦法。飯很快就做好了，菜餚特別豐盛。吃過飯後，大家便往鋪上倒下去。一天一夜的奔走，兩天兩夜的戰鬥煎熬，使大家一閉上眼，就什麼都不知道了。

三

我醒來的時候，已經是第二天早晨，陽光從門窗射進屋裏，照得滿屋子亮堂堂的。其餘的人還在睡，我正要去喊他們，有一個聲音傳過來：

「讓他們睡夠了再喊吧。」

我抬頭看看，少尉正從門外走進來。

「謝謝少尉對我們的照顧。」我對他敬個禮。

「我聽衛兵報告，你們一定不肯留在這裏。」他飛快的還我個禮，目光炯炯的注視著我。

「是的！我們全班都這樣決定。」

「我是問你，不是問你全班。」

「我也是那樣決定。」

「把你認為最充分的理由講給我聽。」他一個字一個字講的又冷又硬，臉上沒有絲毫表情。

我便把我們不能再有傷亡的話，告訴他。

「這不成為理由。我們也是剛從戰場上下來。我們傷亡的也很重，但是還是接受了這個任務。當了軍人，就不要怕犧牲。你們留在這裏，我當然會替你們負責。好好告訴你那些弟兄，叫他們不要怕。」

「我們不是怕，這是建制的關係。」

「這都不是理由，軍隊上沒有比戰鬥更重要的事。」

「你不能答應他，班長！我們不能替他們作戰。」一個聲音從地鋪上傳過來，王仲則醒了。

「是誰在講話？起來！」少尉咆哮的叫道。

王仲則傻了，連氣都不敢喘。

「起來！」他見沒有反應，聲音更高了。

王仲則更不敢答腔了。

「聽到了沒有？起來！」

這時被他一喝叱，所有的人都醒了，瞪著眼睛望著他。王仲則情知躲不過了，便站起來說：

「報告少尉！是我說的。」

「你剛才說的什麼？再說給我聽聽。」

「報告少尉！我沒說什麼。」

「胡塗！你們替我作戰？我替誰作戰？為什麼不摸摸肚皮，你吃的是誰的飯？立正！站好了自己想想，這話說的對不對？我和你們班長講話，你該不該插嘴？不要那個彎腰駝背的樣子，把胸脯挺出來！挺！挺！嗯！膝蓋也打直，腳跟靠攏。好！好！不要動了！」

少尉把王仲則訓夠了以後，又對坐在鋪上那四個人說話了：「你們不是不願留在這裡嗎？我讓你們講話；我很高興聽聽你們的意見。」

坐在地上的人，見他對王仲則那個兇勁，早已嚇破胆了。一聽他講話，呼的一聲全都站起來；站的畢挺畢挺。大家互相望了一眼。卻沒有一個人肯開口。

「坐下！你們坐著講。」

大家那裡還敢坐下。只互相看看，把姿勢站的更標準。

「我叫你們坐下！聽到嗎？」

大家又互相看看，才慢慢坐下。

我見大家不說話，便又開口了：

「報告少尉，我們另外還有一個問題，是怕和部隊失掉連絡，以後會找不到部隊。」

「這個我替你負責。這樣好了，要他們好好休息，我跟你到外面談談。」接著他又對王仲則說：「你也稍息，記著！以後不要隨便亂講話。」

四

我和少尉一起走出來。越過廣場，是一個大斜坡，上面長滿野草和灌木叢，以及一大塊一大塊凸出地面的岩石。他領著我走到一塊石頭旁，讓我坐下，他自己也坐下。現在我覺得，他並不是一個橫蠻得不通情理的人。

「你貴姓？」他很客氣的問道。

「姓岳，名字叫孟謙。」我寫給他看。

「我叫陳家寶。」他也寫出來給我看：「我小時候父母怕我不好養，起個吉利的名子壓著。你當兵很久了？」

「我民國二十年入伍，已經十七年了。」

「你會不會抽煙？」他拿出一支煙遞給我。

「不會。」

「我也沒有別的嗜好，只抽抽煙。」他見我不接那支煙，便放在石頭上撞撞，自己點上：「有時也喝點酒，但喝不了許多。好了，不講這些廢話，還是談正經的吧。」他吐了一口煙又繼續說：「我坦白的告訴你，岳班長。不管你們怎樣說，我還是要留你們在這裡。」

「可是大家不同意，我也沒有法子。說實在話，少尉。我們對這場戰鬥確實沒有責任。如果你一定要強迫我們在這裡，對你也不會有什麼幫助。」我說到這裡把話鋒一轉：「在部隊上階級服從是很重要，可是在戰場上，『情』字可能更重要。」

「你說的也許對，但我還是不懂你的意思。你能不能對我說明白一點。」排長突然變得謙虛起來。

「排長，我是一個大老粗。說錯了，你可別見怪。」我正正身體，面對著他說：「拿這次任務來說吧，你可能也了解，連長就是要我們去『死』，來保全整個部隊。我們也從連長的語氣和眼神裡知道，我們不可能活著回來。因為敵人的兵力和武器都比我們強幾十倍，這個仗怎麼打呢？只是設法拖延時間，讓他們去執行一個更重要的任務。」

「什麼重要的任務？」排長橫裡插了一句。

「這個我就不曉得了。」我只有實話實說。

「好，我就不問了。你說下去吧。」

「他們仗著人多勢眾，武器比我們又多又好，一開始，他們顯然有些輕敵。所以打了半天，還是半斤八兩，沒有把我們消滅。這下子他們火了，輕重武器一齊響了，我們一下子就傷亡六人。你說，排長。我這個做班長的，怎麼能嚥下這口氣。這六個人，我們平常都是一個鍋裡吃飯，一個床上睡覺的。親得比親兄弟還親。我也不要命的拿起輕機槍對準敵人一陣掃射，只聽見對面敵軍陣地傳來一陣陣『啊！啊！啊呀！啊呀！我的腿呀！』的聲音。」

排長一聽，也緊張了連忙問：

「你打到他們了？」

「我也不知道打到沒有？可是我聽到那聲音就傻了。他好像我小時候在一起玩的一個堂兄弟的聲音。我不知道為什麼，當時連想也沒想，就急忙把身上的急救包拿出來，綁上一塊石頭，向敵人那面扔過去。」

「敵人呢？」排長緊盯著我問。

「我那裡會知道他們的想法，反正他們是一片亂。起先，他們還以為是手榴彈。只聽他們叫道：『小心！手榴彈！』沒多久，又聽叫道：『怎麼是急救包呢？奇怪了。他們會送急救包給我們呢！快！快！快！快！快給老張包紮上』。」

我不知道排長認為我做的對不對，他沉默一晌，沒直接答，只說：「那場戰鬥就這樣結束了？」

「也可以這麼說。因為他們忙亂一陣子，我突然聽到一聲斥責：『你還要臉不要臉哪？人家把急救包都送來了。不要再打了！』坦白的說，我也認為戰爭怎會像兒戲一般。說不打，就不打了。奇怪的是對方的槍砲真的停了。我猜他們一定也被那個急救包弄糊塗了。」

我說到這裡，好像也把排長嚇著了，把大嘴張闔了半天說：「會有這種事？我想都沒想過，真的說不打就不打了？再說！再說！」

「再沒有什麼好說的了。只是雙方因為各有各的任務，還是對峙著。最後好像各自完成自己的任務，就各走各的路了。」因為我也想不通，會發生這種情況，只有實話實說。

「這⋯這⋯這那裡是作戰？」排長用力搔著頭，搔了半天，好像也沒搔出個道理來：「這簡直是胡鬧嘛！」

「大概大家都是中國人的關係，言語也通，就什麼話都好說。」。

五

接著排長像中了邪似的，傻在那裡，半天都講不出話來。他那股傻氣變得十分堅決，把我的手猛力一握說：

「不論你怎麼說，岳班長，你究竟是一個班長啊。就不能說對這場戰鬥沒有責任。所以我才和你單獨商量，如果弟兄們一定不肯留在這裏，我也沒有法子；只是希望你能留下來，幫我一次忙。因為上個禮拜那次戰役，我們傷亡的很重，陣亡了兩個班長，傷了一個副班長；我雖然儘量在排內提升，總找不到合適的。因為在戰場上，我不能隨便把一個班，交給一個沒有戰鬥經驗的人。至於你說的這個仗該不該打，我也糊塗了。可是我是一個軍人，說話要算話。接受命令就要完成任務。因此你必須幫我帶一個班，完成這場戰鬥。」少尉講這些話的時候，語調非常懇切；臉是紅的，有一種激動的光彩在上面一跳一跳的閃動。手上的香烟也忘了吸，直到燒到手指時，才把它甩掉。

「讓我考慮考慮好了。少尉！」我為難的說。

「不要考慮了，我無論如何都不會讓你走；我知道你很能幹，不然你們連長不會把那樣重要的任務交給你。只幾天的時間，戰鬥一結束我就讓你回去。」

「如果班內的弟兄都回去了，班長卻留在外面；在道理上好像說不過去似的。」

「那你們全班都留下好了。」

「我知道他們一定不會願意。」

「留下！留下！你一定要留下來。」他把握我的手，又用力握了一下，目光注視著我：

「如果你不回去的原因，是協助友軍作戰，你們連長絕不會對你責難。」

「這個我知道。」

「你還有什麼難題？」

我望望少尉沒有講話。我心裡在想我要回去，一定要回去。我要把這幾個人安全帶回去。我要回去向連長報告，我已經圓滿達成了任務。並且還有些別的事情等待我去處理；在戰鬥的時候，有兩個弟兄在嚥下最後一口氣前，託了我一些事情。一個要我給他父母寫封信，告訴他在外面很安全，請他們不要掛念。一個把他的一些遺物交給我，包括幾張照片，一支鋼筆，一個筆記本，十塊銀元，要我設法給他寄回家去。還有另外幾位，他們雖沒有交待我；但對他們那些重要遺物，我還是要做適當的處理。

「不要考慮了。」他又搖搖我的手：「我怎麼樣都不會讓你走；我用繩子綑，都要把你綑在這裏。」再用手拍拍我的肩，大聲的笑起來。

我還是不講話。但又望望他。

「好了！就這樣決定了，回頭我們喝一杯去。」

「我也不會喝酒。」我不知是不是掉進他的圈套，看看他誠懇的樣子，就曉得他不是那種耍花心眼的人。

「一點嗜好沒有，人生不是太簡單了。」

「這樣子，少尉！我留在這裡參加這次戰鬥可以；但戰鬥一結束，我就得馬上回去。」

「那當然，那當然了！」

六

我回去的時候，班裏的弟兄都聚集在排部門口焦急的等待。王仲則一見我，就迎上來說：

「你回來了，班長！我們以為你被他吃掉了呢。」

「我的骨頭太硬，他吞不下去。」

「我們可以走了吧？」另一個弟兄關切的問道。

「我們已經決定，我留在這裏，你們先回去。」

「什麼？你留在這裏，我們回去。這是什麼意思？要走，大家一起走；要不走，大家都不走。哪裏有把班長留下，放走班兵的。你一定是被他唬著了。」

「他對我講好的，我沒有法子。」

「那不成的，班長！你不回去，我們回去，連長說我們把班長丟掉，不打我們的屁股才怪呢。你不用聽他的，他還不是拿鬼話騙你；你看他那個兇勁，還有什麼好心眼。你千萬可不能上他這個當。」

「我已經答應他了。」

「我們不管，我們只要你帶我們回去。你是我們的班長呀，你要對我們負責呀。」一個叫田大興的弟兄說。

「你見班長幾時講過的話，不算話？」

「可是，我們是跟著你的。」

「是呀！你不能丟下我們不管。」又一個人插口說。

「是呀！」又有人跟著叫道。

「班長把弟兄丟掉不管，成什麼話。」

「別吵！別吵！」我打個手勢制止住他們：「我不是丟下你們不管，確實是這裡的戰鬥需要。我向你們保證，戰鬥一結束，我馬上就會回去。」

「那我們怎麼辦？」又是王仲則，他的嘴吧快，說起話來總是搶在別人前頭。

「你們現在就走好了，他不會阻攔你們。」

「班長不走，我們也不走。」

「對！班長不走，我們也不走。」

「別廢話，趕快收拾行李出發。我還要寫兩封信，要你們帶給排長和連長。」

「班長走，我們就走。」

「對啊，反正我們是跟定你了。」王仲則的嘴巴要甜起來，比賣膏藥的都好聽：「我們跟班長是同生死共患難的，我們不能把你留在這裡，讓那傢伙連骨頭都吃下去。對不對？」

接著又轉身向另外幾個人一張手叫著：「那傢伙那個兇來兮的樣子，我們絕不能讓班長一個人留在這裡。」

於是別人又跟著鬨起來。

「那你們打算怎麼辦？」

「我們也可以在這裡作戰嘛。」王仲則的嘴巴碎，主意也多：「班長不怕，我們還會怕？我們多幾個人在這裡；那傢伙要對你不客氣，我們就跟他拚了。」

「你們這麼大了，還小孩子氣。」

「哈哈！班長！我們可以叫他看看我們班的戰力，他大概就不兇了。在戰場上我們一個班守著一個山頭，敵人一個營都攻不下來。一條扁担還神氣什麼？喲！他聽到聽不到啊，要聽到了就糟糕了。」這個吹牛不怕炸的傢伙，好像天不怕地不怕似的，可是碰到兇的人，尾巴就夾得到鐵緊。

「我以為你是個英雄呢，原來是個狗熊啊。」站在一旁的田大興笑著對王仲則說。

「班長！我們有言在先哪，我們留在這裏是客情，他可不能再對我們兇了。要是真的打起來，你也可以表現兩手給他看看。我看哪，他還嫩的很呢，說不定連奶都還沒斷呢。剛才你為什麼答應他了？是不是他哭了？」

七

既然大家不願意和我分開，我也沒有法子。但我由衷的希望，有一個人先回去報告一下經過。說不定連長現在已經認定我們已經全部犧牲了呢，心裡不知道要急成什麼樣子。可是我徵求每一個弟兄，大家都商量好了似的，異口同聲的說，我走，他們也走；我不走，他們也留在這裡。要那一個單獨離開，那一個都不願意。

我只有去見少尉，告訴他大家都不願走。

「我早就知道了。」他一面拉著我的手，一面在我肩上拍拍：「只要把你留下，他們自然會留下。」

「我只是沒想到，他們要走的那麼堅決；我一不走了，他們也都不走了。使我想找個人回去報告，都找不到。不過，少尉！你也不能對他們過於嚴肅！」

「你叫他們不要怕，我就是那個個性。」

「他們不是怕，只是在背後亂叫。」

「好吧，我們去看看他們吧。」

我陪著陳家寶少尉走回排部，班裏那幾個寶，聚集在那裏聊天。王仲則一見到少尉就說：

「排長！我一見到你就渾身發抖。」

「為什麼？」

「叫你罰立正把我嚇壞了。」

「你講，你講那種話，該不該罰？」少尉笑道。

「排長講話別把嘴巴張的那麼大嘛！」王仲則見少尉笑了，就得寸進尺了：「把嘴張的那麼大，像要吃人似的，怎麼能叫人不怕。」

少尉要講什麼還沒講出來，王仲則便把兩腿一靠，拿出標準的立正姿勢笑道：「排長，你不要講了，我知道又該受處罰了，這個姿勢夠標準吧？哦！腰桿要挺，挺！挺！可以了吧？站多久？五分鐘？還是一個鐘頭？」

「你這些弟兄，都被你慣壞了。」少尉忍不住笑了。他被王仲則一逗，想嚴肅也無法嚴肅了。

「我們班長只打屁股，卻不罰立正。」

「你們全班人，只你一個人調皮。」

「我們全班調皮儘管調皮，就是能打仗。你等著看我們班長的好了，老經驗了。還有我們這位田兄。」王仲則調侃的指指田大興：「他那挺機槍打的真是神了，上來個三百兩百，一點不在乎。像吃麵條似的，只要一咕咕，就全吞下去了。就是我沒有用，就會被罰立正；我可以稍息吧？排長，站的腿好痛啊。」

「別老開玩笑，王仲則。」我說。

「好！我給你特權。」少尉也笑著拍拍他的肩：「你要犯了錯，只打屁股，不罰立正。」

八

答應了參加這個戰鬥，就不能袖手旁觀，午飯過後，我們就到預定防線上協助構建陣地。排長又撥了六個人到我班裡，加上原有的人，編成一個完整的班；副班長就是杜福。我們班是排的右翼班，陣地在一個突出部。我很快的把地形偵察一遍，告訴班裡的弟兄繼續加強工事。

排長來巡視陣地時，把當前的情況告訴我們一些。依照上級的狀況判斷，這場戰鬥，可能就在今夜發生；我們必須在這裡堅持到明天清晨；那時候敵人如果攻不下我們的陣地，便會自動退卻，我們的任務就算完成了。也就是說，為了爭取這段時間，我們要不惜犧牲一切，維護陣地的安全。我回到班裡的時候，也把情況轉達下去。那時田大興已經把機槍陣地修好，正捧著機槍在測量射向。聽到我的話，便用他那特號的粗喉嚨喊道：

「叫他們來吧！班長，我們的機槍又來飯了。」

「射界沒有障礙吧？」我拍拍他的肩。

「都掃清了，你過來看看吧，他們不論在什麼地方，都逃不過的。」他說著便向我招招手。

我跳下陣地。這是一個臨時輕機槍掩體，挖成半月形。射擊臺後的地方挖低下去，槍口正好露出射擊臺上面。田大興把機槍讓給我，並打開托肩板，放到我的肩上。我俯身射擊臺上，手托著槍身，扭動著向陣地前緣察看一番。田大興不愧是一個老兵，他作戰時候總是那麼細心；陣地前面的幾個灌木堆，他都砍除了；有兩個會構成死角的小丘，也把它剷平了；使這挺機槍，可以很容易的封鎖住公路。在它射界之內，沒有任何地方，可讓敵人掩蔽。

我挨次看下去，都做的很好。我又聽到王仲則在那裡叫，原來他的散兵坑做完了，又跟一個叫吳喜的弟兄將起軍來。這傢伙是一個天生的棋迷，他背包裏可以少揹一頓飯的米，卻不能少了象棋；一得空閑，就找人跟他下。他又下不好，老輸。輸了又不服氣，怨天尤人的亂叫。

「你的散兵坑做好了？」我走過去問他。

「當然好了，不信班長就檢查嘛。」

我真是有點不信，我對班裡的弟兄，每人都放心，就是不放心他。叫他做什麼事，他都偷懶，十成能做到七成就算好的。我走到他那個散兵坑旁一看，果然不出我所料，屁股大小一個坑坑，坐姿不像坐姿，跪姿不像跪姿，立姿就更不用講了。進到裡面，還有半個身子露在外頭，做工的圓鍬，也丟在散兵坑旁邊。

「王仲則，過來！」

「別忙嘛！班長！等我下完這盤棋。」

「不行！」

「噯喲！正將著軍了。」

「等回再下，先把你的工事做好。你這樣把個腦殼子露在外面。敵人一槍就揭了你的蓋。」

「好！我馬上來，我現在正在窩吳喜的槽呢。你過來看看，班長，我這盤準贏。噯喲！你不能吃我的車呀，『明車，暗馬，偷吃砲』，你懂不懂下棋的規矩嘛！班長！都是你，這盤輸了，你可要負責。」

「你過不過來？再不過來，我要把你的象棋沒收了。」

「好！和棋！和棋！」他一面說著便站起來，但又向我叫道：「班長！你怎麼那麼緊張？你要不喊我，我這回準推吳喜老師的磨。我已經輸三盤了，這盤剛要報報仇！嗨！真是的。你不知道呀，班長！吳喜那傢伙下棋，最沒有棋品了，老是偷人家的子吃。我永遠不再跟他下棋了。」

「你看你的散兵坑挖成什麼樣子？」他走近時我說。

「這不蠻好嘛。」

「你要命不要了？」

「我下完棋就來挖。」

「挖好了再下。還有槍。擦好了沒有？」

「早擦過了。」

「拿來我檢查。」

「我是講上午擦過了。下午挖散兵坑，那裏有空。」

「不要廢話，挖好散兵坑，就給我擦槍。」

「是！」他兩腿一併，做出一個怪模怪樣的樣子。

「趕緊去挖，我把你的棋子暫時拿去保管，等挖好散兵坑，擦好槍，你再來找我，我檢查及格了，就還你的棋子。」

「我的媽呀，我一輩子也做不完哪。」

可是他拿起圓鍬挖了沒有兩鍬，便又叫起來：

「吳喜！你還想不想下棋了？」

「想又怎麼樣？」

「你要想早早下棋，就過來幫我挖散兵坑。」

「不想！」

「你真不夠朋友。」

他只有自己挖下去，口裡又哼道：

一個大姐剛十八呀！

嫁了三天就守寡，

夜半三更睡不著覺，

拉個枕頭抱在懷裏當做他呀。

咚咚鏘！咚咚鏘！

吳喜不幫我挖散兵坑，就是個大地瓜。

九

那天晚上，我們就在陣地吃了飯，接著排長又召集我們幾個班長做了一些戰鬥指示。回去的時候，我又巡視一遍陣地，王仲則的散兵坑已經挖好了。

我們也在陣地上宿營，一個班搭了一個茅棚。清查過人數，我便躺到鋪上。工作的勞累加上宿倦未除，使我很快就進入夢鄉。我卻沒有睡穩；因為戰爭隨時都會到來的關係，心理上自然而然產生一種警覺；因此悠悠忽忽兩個鐘頭，便又醒來。茅棚裡的油燈還在亮著，可是少了好幾個人；除了兩個警戒哨兵，還有兩個人不知哪裡去了。我首先注意王仲則，他果然不在鋪上。

我拎起衝鋒槍走出去。外面是一個冷寂而清新的夜，天空很清明，泛著深灰的藍色，有稀疏的星星在閃光。我順著陣地慢慢走著，仔細察看；在幽暗的天光底下，起伏的山野呈現著模糊的輪廓。那些茂盛的林木，一個連一個的山丘，都好像隱隱在動。在交通壕的旁邊，我停下來聽了一下，什麼聲音都沒有。於是我跨過交通壕，順著山坡向第一個哨兵的位置走去。

「口令！」

「長江！」

「你還沒有睡呀？班長！」

「我剛剛醒來，想出來看看。沒有情況吧？」

「沒有。」

「你是幾至幾的？」

「十二至兩的。」

「你有沒有看到王仲則？」

「他就在我們茅棚後面，和副班長兩人。我換班的時候還見到過他倆，大概又是弄吃的。」

我又走到第二哨兵位置，和他談了幾句話。他們的警覺性都很高，使我放心。我便回茅棚後面看王仲則搗什麼鬼。當我跨過交通壕時，卻發覺一個人從左側方晃呀晃呀的走來，我便躲到一個散兵坑裡監視著。等那人走近了，我才認出他是陳家寶少尉。

「排長！」我站起來喊道。

「誰？」他站住了：「哦！岳班長！」

「還沒有睡？」我走到他跟前。

「沒有，你到哪裡去了？」

「我到下面看看哨兵。我已經睡過一覺了。好像不放心似的，便又醒來了。」

「我老是睡不著。」他用手搔搔頭。

「在戰場上，心裡難免緊張。」

「我倒沒有什麼。」他把搔頭的手放下來，臉色和善平靜，絲毫沒有第一天見面時那股兇勁：「只是想的很多，所以翻來覆去，始終睡不著。」

「那就是說你有心事？」

「也沒有。岳班長！你打的仗一定很多了。」

「那真是說都說不清了。我民國二十年春天當兵，秋天就上前線了。一直到現在這麼多年，哪一年不打幾十次仗。尤其抗戰時候，幾乎天天都打。」

他望著我點點頭：「我連這次在內，是第三次作戰。」

「排長是什麼時候入伍？」

「我三個月前才軍校畢業，就分發到這裡。前兩次作戰是整個連在一起，什麼事都不用我操心，聽指揮就成了。這還是我第一次單獨指揮作戰。」

「你是說你怕？」

「不是！我一點不怕，我只是覺得空虛。」

「我不懂怕和空虛有什麼分別，我是個大老粗。」

「這倒是很難解釋。」他輕輕笑笑：「怕是畏怯。可是我並不畏怯，我心頭充滿了勇氣。我只是覺得指揮這個戰爭不容易，無所適從似的。好像我對這麼多的弟兄，不知怎樣才能負起責任。」

我又望望他，他又接著說下去：

「我沒想到戰鬥是這麼困難的事，在學校的時候，我們把出戰鬥教練，都當做好玩；在外面跑跑爬爬，怪有趣的。沒想到真正的戰鬥，這麼困難。」他頓了一下望望我，又接著說：「岳班長，你第一次參加作戰的時候，有沒有什麼特別感覺？」

「有！」我想了一下說。

「那個感覺是什麼樣子？」

「這倒很難說。」我又想一下：「排長！你指的哪一方面，是問我怕不怕？」

「不是！我知道你不會怕。我是說感覺，因為我有一個奇怪的感覺，但我說不上來。」

「因此你想的很多？」

「對的。」

「我也是一樣。」我的語調變慢：「我記得我第一次作戰時，才二十歲。那也是在一個夜裡。我還記得那天天空非常晴朗，好像一點雲彩都沒有，只是天氣很冷。我穿著一套棉軍裝，站在一個小高地上擔任哨兵，鄰接的哨兵都在一百公尺距離以外。我緊張的向前監視著，可是什麼都看不到，小高地的前面有一條河，我可以清楚的看到白色的沙灘和閃閃發光的水流。河的對岸有很多樹，模模糊糊看不清楚。我幻想著敵人就在那裡，突然感到那樣孤獨和無助。於是我想到家，想到了父母，想到飯桌上熱騰騰的飯菜和母親的笑容。當然我還想到別的，現在都記不清了。你知道，排長！我在入伍前一個大字都不識，所以不會像你們讀書人想的那麼多。」

「你現在還想不想了？」

「早已經不想了。」

「什麼原因？」

「因為我漸漸了解了戰爭，並沒有什麼可怕。只要心頭有面對戰爭的勇氣，就會覺得安全。所以我現在雖在戰場上，躺在地上照樣可以睡著。可是經過兩天前那次戰鬥，我突然發覺，這次戰鬥跟打日本鬼子不同，那是他們侵略我們的土地，強姦我們的婦女，燒我們的房子，搶我們的糧食。我們當然要拼命的保護這些東西。現在這場戰爭都不是為了這些。所以會有點不明白，我們為什麼打……」

排長見我沒說下去，當然也明白我的意思。突然握起我的手，沉默了一晌說：

「謝謝你幫我這次大忙，岳班長！我只知道我是一個軍人。」

「我們休息吧，排長！」我也握握他的手：「注意拂曉；如果他們要對我們拂曉攻擊，那一定是一場很激烈的戰鬥。現在休息，還可以睡一兩個鐘頭。」

「我也這樣擔心。」

「晚安！」

十

我還是不放心王仲則他們，回到茅棚便到後面去找他。我轉過茅棚，見到樹底下有一點火光，便提高了腳跟走過去。到了跟前，果然見王仲則蹲在地上，手裡捧著一個碗在吃東西；蹲在他對面的，是副班長杜福。在兩人的中間放著一個鋼盔，裡面裝著半盔稀飯，還熄熄的向上冒著熱氣；旁邊的地上放著一張紙，有幾樣小菜擺在上面。

「你們還不睡呀？」因為副班長在場，我不便說什麼。

「啊！班長！」王仲則跳起來說：「來來，坐下來吃一碗，我剛才哪裏都找不到你。」

「我不吃。」

「吃一碗！吃一碗！好吃的很哪！班長，這些小菜是副班長弄來的，你嚐嚐。我講呀，班長。副班長比我有辦法，回到排部轉了一趟，就弄東西來了。」

這時杜福也站起來了，望著我笑笑。

「這個鋼盔是誰的？」

「我的。」王仲則說。

「你弄成這個樣子，怎樣作戰？」

「這個你放心，班長。我自有法子。等會兒我用泥巴把它擦擦，用水一沖，再好好塗上一層油，就又光又滑了。子彈打在上面，颼的一下子就滑跑了。」王仲則一面說著，一面表演的把手揮了一下。

「你小心被排長看到。」

「這時候他不會到這裡。」

「我剛剛才碰到他。」

「他到哪裡了？我也去找他來吃一碗。」王仲則說著把碗放在地上，慌忙向茅棚前跑去。我告訴他排長已經回去了，他沒有理，一轉眼就不見影子。

「你們的興趣真不少啊！」我對副班長說。

「王仲則下午就跟我打招呼，晚上要弄點東西吃。」

「他就是名堂多，你以後別聽他的。」

杜福笑了笑。沒有多久時間，王仲則就人未到，聲音先到了：「為這個你可不能對我發脾氣呀，排長。我是好意呀。噯呀！我們那個稀飯，煮的太好了；我敢說，你從來沒吃過這樣好的稀飯。我們班長也在那裡等你呢。」接著人也出現了，王仲則把排長連推帶拉的拖來。

「我真不曉得，你們對戰爭好像一點都不放在心上。」排長走過來的時候，笑著對我們說。

「我們操什麼心，排長。我們上面有班長，再上面有排長。我還沒告訴你呢，排長。我們副班長也很能幹，你看他煮稀飯的樣子，就知道他一定很有辦法。」

「來吧，岳班長。來了就吃一碗吧。」

我只有蹲下來。

十一

我迷迷糊糊睡了一覺，又好像沒有睡著。

噠——

噠——

噠——

接著幾聲槍聲把我從夢中驚醒，茅棚裏的人鬨的一聲就爬起來，一個個沒頭沒腦的往外跑。田大興連衣服釦子都顧不得扣，捧著機槍就衝出去。我把衝鋒槍提在手裡，見茅棚裡的人全部進入陣地，才在後面跟上去。一面讓他們傳達下去，沒有命令，不得隨便開槍。

我迎面就碰到哨兵，他慌慌忙忙的向我報告：

「我們發現敵人了，班長。」

「在什麼地方？」

「就在公路的後面。」他用手指指。

「有多少人？」

「不曉得。」但沉思一下又接著說：「我們正面大概有一個連。我們發現的時候，他們是在戰鬥前進。我們的槍響以後，他們就停止了，大概是在那裡集結。」

我點點頭。「你回自己的位置吧。」

接著我便挨著陣地察看一遍，他們已各就各位做好戰鬥準備，便又回到機槍陣地旁邊。田大興已經把機槍架到射擊臺上，槍托抵著肩，瞪著眼睛聚精會神的向陣地前緣盯著。我走過去問他說：

「有沒有發現情況？」

「看不到什麼。」

「他們可能對我們來一次猛撲。」

田大興同意的點點頭，把身體向一邊讓讓，使我也俯到射口旁邊。陣地前面只是靜，出奇的靜，使人蹦蹦心跳的靜。此刻天空泛起一片白色碎雲，薄薄的，像鑲在上面一般。但天光卻比先前暗了許多，好像一層密密的黑網蒙在陣地上空，黑黝黝的看不清楚。

「班長！班長！」突然有人緊張的喊道：「你看，那個稜線後面有人哪，一個，兩個。啊！好多呀。」

「班長！這面也有了。」

「準備！」我對田大興說：「他們要發動了。」在這生死關頭，我腦子裡已經變成一片空白。

田大興又把槍托往肩上抵抵，一面拉開槍機，把子彈送進槍膛，一面又打開保險機。我看著那些人影，隱隱約約在稜線後面移動，祇看到一個一個的頭。突然那些人頭抬高了，一齊湧過稜線，以最快的速度奔過來。

「預備——放！」

噠噠！噠噠！噠噠噠！田大興的機槍響了。

噠！噠！步槍也開始射擊了。

頃刻間，全線的各種武器都發出激烈的怒吼。那些衝上來的敵軍，俯到地上了。他們掩護攻擊的武器，也開始了反擊，兩挺重機槍對著我們咕咕直叫，子彈打在地上，響出撲哧的聲音；曳光彈像一條條紅色的飛蛇，指示著射擊目標。俯在地上的敵軍又動起來，用極低的姿勢向前迅速爬行。

「注意！不能再讓他們接近。」我對田大興說。

轟——

轟——

轟轟轟轟——

敵軍的砲兵也響了，在陣地上爆炸，揚起的泥土像雨一樣的落下來，打在鋼盔上嘩啦嘩啦的響。就在這時，一個照明彈在天空照亮了，白色的光弧把陣地照得通明。噠噠！轟！噠噠！轟！轟！轟轟轟！噠噠噠噠！在這剎那間，敵人的火力突然更加猛烈起來。他們的重機槍顯然也找到了目標。撲！撲！撲！有泥上在我面前飛起，飛進我的眼裡。我本能的揉揉眼睛，對田大興說：

「要不要變換到預備陣地去？」

「不要！射擊一間斷，他們就會衝上來。」

「他們的砲兵會很快找上我們。」

他沒有答腔，專心的繼續射擊。照明彈很快就熄了，黑暗又來了；在這突然一明一暗之間，好像黑的伸手不見五指。噠噠！轟！轟！轟！噠！轟！噠噠噠！噠！噠！被壓制在地上的敵軍，藉著黑暗，藉著火力的掩護，又開始前進了，我們的火力，顯然已經阻止不了他們的攻勢。

「加快射擊！」我說。

噠噠噠——

噠噠噠——

噠噠噠噠噠

轟！轟！轟轟轟——

我覺得子彈在我身邊跳，砲彈包圍著我們。我的身體也跟著跳，一陣一陣的泥土往我身上埋下來。田大興的身體也在跳，機槍也在跳，但他仍能把機槍抱緊，沉著的射擊。

「班長！」他抹抹汗水：「把那挺重機槍消滅掉。」

「你不要轉移射向，讓我來。」

我順著交通壕走出機槍陣地，走到一個散兵坑旁，一個弟兄正蹲在裡面沉著的射擊。

「把步槍給我。」

「什麼？」那弟兄看看我，側身讓出位置。

我接過步槍，把子彈推上膛，去找尋那挺威脅我們輕機槍的重機槍。我看到它的槍口在冒火，一條一條的火線，隨著射出的曳光彈向我們陣地飛來。

我開始向它瞄準。計算射手與槍身的位置。

噠——

噠——

噠——

倏然間，那挺重機槍的槍口不冒火了，火線也沒有了。

「你的槍打的真準，班長！」

「我玩步槍的時間，差不多跟你的年齡一樣多了。」我帶著一種感嘆，把步槍還給他。

我又回到機槍陣地。關切的向田大興問道：

「累不累？我來吧？」

「還好。」

轟——

轟——

轟轟轟轟——

消滅了敵人一挺重機槍，把他們惹的更火了，砲彈便在機槍陣地周圍轉著圈子打。

「轉移陣地，田……」我一句話還沒有講完，只覺得眼前一黑，一個巨大的聲音在耳畔響起，一堆重重的東西沒頭沒腦向我壓下來。我也聽到「啊！」的一聲，那是田大興的聲音。我搖搖頭，把腦袋從那堆東西裡鑽出來：那是一大堆泥土。我最先關心的就是田大興，他有沒有負傷。輕機槍已經停止了射擊。

「你沒有事吧？」

「我的左臂，班長！」

「我給你紮傷。」

「我自己來，你來接機槍。」

敵人又躍進了一大段，快接近到鹿砦了。我用輕機槍把他們制壓下去；可是他們的砲兵更加猛烈，我的輕機槍在地上跳，射擊也不穩定。我看到攻擊的敵兵槍上，上了刺刀。他們的砲火便轉移目標了，開始在陣地前轟擊，企圖給他們的攻擊部隊，在阻絕工事中，開闢衝鋒路線。

我傳令下去準備手榴彈，我對自己說：

「來了！他們真的來了。」

十二

田大興裹好傷後，又接過了機槍。

一排猛烈的砲擊後，陣地前緣升起煙幕，一片黑黑的煙幕，一片看不清的煙幕。他們來了，我聽到一片叫囂的聲音從煙幕後面傳來，他們發起衝鋒了。

「加速射擊，田大興！」

同時我手裡的衝鋒槍也響了，對著那些隱約的人影瘋狂掃射。明亮的刺刀在灰色煙影裏閃動，一個倒下去，接著又是一個；可是後面很快就補上來。他們的距離是越來越近了，五十公尺，三十公尺，二十公尺。刺刀上閃著光，喊著，叫著。轟！轟！轟轟轟！我們的手榴彈響了。噠噠噠！噠噠噠！噠噠噠！我的衝鋒槍指向衝在前頭的人。啊！啊！啊！接連著幾聲慘叫，他們成排的倒下了；一個手裡拿著槍的，負傷後又向前衝了兩步，還是倒了下去。

轟轟轟轟——我們第二波手榴彈又響了。噠噠噠！噠噠噠！衝鋒槍在我手裡顫動，倒下去，倒下去。啊！啊！啊！煙幕散了。衝鋒停止了。陣地前面只是一堆人，躺著的人，流血的人，哀叫的人。橫七豎八的倒在鹿砦上，在砲坑裡；頭下腳上的，仰面朝天的死了。田大興還在射擊，我對他說：

「暫停！」

我從陣地裡面站起來，無語的向那些人望著。

「真慘！」田大興也站起來。

「你的臂呢？」

「不要緊，不重！」他把左臂活動一下，上面裹著一個救急包。衣服被砲彈的破片劃開一道大口子。

「你下去吧，到後面去休息，同時向排長報告。」

「不要！班長！我很好。」

「你自己考慮，我不勉強你。」

「班長！班長！」田大興正要說話的時候，一個弟兄急急奔過來：「吳喜陣亡了。」

我向吳喜的位置跑過去。現在陣地前面已經異常冷寂，殘餘的敵軍都退到稜線後面。他們當然不會因此罷休，在整頓後，將再度向我們猛撲。只有一聲聲間斷的槍聲，劃破黑夜的寧靜。我很快就跑到吳喜的位置；他已經平躺在地上，閉著眼睛，臉上帶著曲扭的表情；胸口的衣服被撕去一大片，血從裡面流了出來，凝結在旁邊的地上，衣服上。我一句話也說不出來，旁邊的人也不講話。我搖搖頭，大家也搖搖頭，臉上一片悽慘。

「去向排長報告。」我對一個弟兄說。

我蹲下來，用手撫摸著吳喜的僵硬的身體，撫摸著他身體的每一部分。我咬咬嘴唇看著他的臉，覺得淚水在眼中躍動。他去了，永遠的去了。吳喜！吳喜！這個在一起生活五年的伙伴，就這樣的去了。我記得他剛入伍時，只是一個毛頭小伙子。那時我是輕機槍射手，他是彈藥兵，替我挑彈藥，揹預備槍管。他的毛病就是懶，卻有音樂天才，一那個了，就往地上一躺，哼那些又騷又浪的小調。他和王仲則是一對天生的冤家對頭，兩人吵了又好，好了又吵。下棋下惱了，連棋盤都掀了，過不了兩分鐘，又把棋子揀起來重下。

再順著陣地走下去，到了盡頭，副班長和王仲則守在那裡。我走過去對王仲則說：

「吳喜陣亡了，你曉得吧？」

「我剛才去看過他。班長！我真不應該。我要知道他今天會犧牲，昨天晚上一定不會和他吵架。」他說著用手揩揩眼，他的眼睛潤濕了。

「誰會想得到呢，田大興也負傷了。」

「不重吧？」

「還好，我要他回去休息，他還不肯。」

「他真是一個好人。」

「你們好吧？」我問副班長。

可是王仲則搶著回答了：「我告訴你，班長！我這個鋼盔幸虧昨天晚上煮稀飯時用火一烤，又打了一層油；不然也報銷了。你看，這裏也挨了一槍。」他說著伸手把鋼盔摘下來指給我看，上面有個瘪下去的小凹凹。

「不要講這些了。我也差一點被活埋。」我把手放在他的肩上，停了一會說：「再去看看吳喜吧，你們那樣好。」

「我不會再跟他吵架了。」

十三

排長來了之後，便叫人把吳喜抬了下去。我再度要求田大興下去休息，他還是不肯。排長好像很疲倦似的在地上坐下。他拿出香煙遞給我一支說：

「抽一支吧。」

「不抽。」我搖搖頭。

「抽一支輕鬆一下。」

我伸手接過來，他給我點上火，又接著說：

「第二班也陣亡了三個人。」他吐了一口煙。

我望望他，一句話都不想說。他又繼續說下去：

「我沒想到有這樣猛烈的戰鬥，剛才他們差一點就衝上來了。」他用手摸摸臉，好像現在還在戰鬥：「我不知道別人在戰鬥慘烈時是什麼感覺，我覺得腦子裡什麼都沒有，像要發狂似的。嗨！」他又吐了口濃濃的煙：「我在戰鬥的時候，所以沒來看你，是因為我信任你。」

「我經歷過，排長。我什麼戰爭都經歷過。只要槍一響，什麼都不想了。」

那片飄浮的雲，移動的很快，到了頭頂上面，又飄走了。

他突然站起來說：「我到那邊看看。」說完後，就頭也沒回的走了。

我見他走遠了，才明白過來他的意思。這是他的責任，他不能對自己的承諾不負責。我突然站起來，我答應了他，也不能不負責。便告訴弟兄們，趕緊整修被破壞的工事。我幫田大興和彈藥兵把機槍陣地修整好，又去巡察一遍，回來之後便在地上坐下。現在戰鬥已經完全停止了，沒有一聲槍聲。偏偏一些奇怪的想法，又在我腦際奔馳起來，像走馬燈般不停的變幻。我想到家，想到母親……

也想起那個堂兄弟的笑容。

十四

戰鬥很快又來了，這次一開始卻不像上次那樣沉寂壓人。它一來就是瘋狂的，猛烈的；它不是步兵的攻擊，而是砲兵的轟擊；那轟隆轟隆的聲音，在耳朵裡不停的響著，頃刻之間，整個陣地都籠罩在一片泥塵和煙霧中。砲彈在空中飛行時，帶著一種絲絲和啾啾的聲音，嗤的一下子便落下來。於是轟的一聲，泥塵和煙幕直衝天空。在砲兵的掩護下，敵人的輕重機槍又響了。

「我的心都被轟散了，班長！」田大興說。

「傷口沒有影響吧？」

他搖搖頭，我從交通壕走出去，走到每一個弟兄身邊時，都用手拍拍他們的肩。很少有人講話，大家都沉默著，眼睛裡冒著憤怒的火。我到達陣地末端時，王仲則正對著陣地前面出神，整個臉上除了眼睛還是亮的，全都佈滿了厚厚的煙塵。我把手放在他的肩上，停了好久才收回來。這個活潑的年輕人，現在也沉默了，這是我第一次看到他沉默。副班長把步槍架在射擊臺上，連動都不動，神情遲澀的像一個木人。沙石和泥塵從空中向下落著、落著、落著……

「岳班長！」我再回到輕機槍陣地時，一個人順著交通壕跑過來。

「什麼？」

「排長喊你。」

「有什麼事嗎？」

「他負傷了，叫你馬上去。」

我隨著那個弟兄走到排長那邊，排長扭曲著身體躺在交通壕裡。夜色太暗，看不出他傷在什麼地方。第二班班長和第三班班長都在他的身邊。

「排長！」我過去低聲的說。

「岳班長，你來了。」

「報告排長。找我有事嗎？」

「岳班長！」他喘了口氣說：「我找你來，是想跟你商量件事。我剛才和李班長、楊班長都講好了，他們也同意。就是這場戰鬥，現在由你來負責指揮。」

「排長！」我直接的反應，是我不能反客為主。

「岳班長！你聽我說。我負傷的很重，不能再指揮。我對他們講過，他們很佩服你的才幹。」

「可是……我總是客人的身分哪！」
「你就答應排長吧，岳班長！」第二班的楊班長說。並向我一再的保證：「你放心，我們一定會跟你合作。」
「岳班長！」排長又虛弱的喘口氣，用眼睛看著我。我看出他眸子裡那股渴求的神色。
「好吧，排長！我答應你。」
「我知道你會完成這個任務。」他把手向我慢慢伸過來，我也把手伸過去，讓他用力的握著。他又喘了口氣，關切的問道：「那邊的陣地還好嗎？」
「又傷了一個弟兄。」
他沉默了，臉上激動的感情，在黑影中都看得出來。
「敵軍的砲，還很猛烈嗎？」停了一會他問道。
「還和先前一樣。」
「我聽得出來。」他抽搐的動了一下身體。
「敵軍在天亮前一定會退嗎？排長！」
「他們如果攻不下我們，就一定會退。這是上級在命令中指示的，上級不會欺騙我們的。」

「那就讓預備隊也投入戰鬥吧。敵軍好像要不惜一切，攻下我們的陣地。他們根本就不退了。倒下一排，又上來一排。叫我們打都打不完了。」

「已經歸你指揮了，你自己決定吧。」

「楊班長，把你們班也帶上來好了。」

十五

楊班長走後，只剩下我和李班長守在排長身邊。砲聲機槍聲仍在四周咆哮；一顆砲彈在我們很近的地方爆炸，震得我們在地上跳了一下。

排長對這聲爆炸好像毫無反應，又衰弱的說：

「真沒有想到，我今年才二十三歲。」

「你會好的，排長。」

「不會了，我知道。」他的語調非常緩慢：「剛才他們給我包紮，告訴我中了七發子彈。」

我和李班長都沉默了，我們都看出他的傷勢嚴重。

「岳班長！」他又向我伸過手來。

「你感覺怎麼樣？排長！」我又把手給他。

「我覺得很疲倦。只是我做了軍人，也算盡了軍人的職責。」他喘了一口氣說：「我還記得在軍校踢足球的時候，認識一個女孩子，她的笑容美極了。現在我好像又看到她的笑容。」

「排長！」

「你們珍重。」他緩緩的閉上眼睛。

我和李班長相對著沉默很久，誰也不講話，然後握握手，嘆口氣分開。我開始巡察陣地，現在，我的責任不是一個班，而是整個排了。我每經過一位弟兄身邊，都拍拍他們的肩，說幾句安慰鼓勵的話。他們就會像突然獲得力量似的，再度激起了高昂的鬥志。

巡察到第一班時，見到了杜福，他現在已經代替我指揮這個班了。我問他說：

「沒有事情吧？」

「剛才他們從那邊衝上來了，我們又奪回來。有兩個弟兄受傷。我叫他們下去，他們不肯。」

我告訴他排長已經走了，他沒講話，只用牙齒把嘴唇用力咬咬。我又向前走去，看到王仲則緊閉著嘴唇，蹲在散兵坑裡。我在他旁邊停了有兩分鐘，我想他會講話，可是他只看看我，又掉回頭去。我檢查過那片爭奪過的陣地，地上有一團一團的血，兩個敵軍躺在那裏。我要一個戰士檢查一下，還有救沒有；要是還有希望，就先用急救包幫他們包紮起來，也許會活過來。

「他們是敵人，為什麼要救他？」

「人都快死了，還記仇嗎？」我十分嚴肅的說。

戰鬥一直進行到黎明，第二班的陣地也一度被突入。我命令第三班適時支援，他們用刺刀跟敵人肉搏，才把他們驅逐出去。可是突然之間，陣地前面變得沉寂了；沉靜的怕人。沒有砲聲，沒有槍聲，沒有人的叫喊聲。他們退了，真的退了？我命令全排停止射擊，卻叫他們提高警覺，不要中了敵人的詭計。

我派哨兵出去偵察，他們向前搜索了一公里，什麼都沒見到，連個人影都沒有。我吐出一口氣。他們真的退了，我們的任務完了。可是我突然回味一下，這場戰鬥到底誰勝了？大家都說自己勝了。誰敗了？大家都說沒敗。可憐的，是那些在戰鬥中，失去生命的戰士，他們連知道都不知道，為什麼要打這個仗？

派出警戒後，我們就清查戰場。連排長在內，有六個人陣亡，九個人受傷。我從陣地轉回來時，碰到王仲則，他挽著我走了好遠一段。

「為什麼不講話？仲則。」

「我講不出什麼來，班長。」

到了集合地點，幾個陣亡者的屍體，全都集中在那裡。李班長迎上來問我，對陣亡的弟兄怎樣處理？我望望大家，大家也望著我。原來嘈雜的談論，頓時停止。我一時也無法決定，順著山坡走下去，在一塊空地上站住，仰起頭來呼吸一口新鮮空氣。天空清明得沒有一點雲翳，綴滿了星光；我望著那些星光突然想起一個古老故事，說為國戰死的戰士，都會在天上成為一顆星星。那麼這六個陣亡的弟兄，也都成為星星了；排長則是那顆最亮的星星。

王仲則不知道什麼時候，又來到我的背後。

「班長！」他輕聲的喊。

「怎麼老是這樣鬼里鬼氣。」

「我不會再調皮了，班長，我好像突然長大了似的。」

「去告訴他們，把陣亡的人包括那兩個沒救過來的敵軍，先葬在這裏。把坑挖得深一點，讓他們得到安靜。」

王仲則走後，我還在那裡來回徜徉，口裡喃喃喊著：

星星！

星星！

情

一

葛玲明天就要去臺北了，季楠思量間一分神，腳踩了個空，身體像鞦韆般在半空盪了盪，刷的一下向山谷落去。從身上鬆下來的繩索，在山坡上絞動起一大片砂石，煙塵滾滾的向懸崖下散落。

慌亂中，季楠第一個想法，是趕緊抓住綑在身上的繩索，把自己穩住。可是他抓不到，繩子在他頭頂上絞著陣兒轉，轉得他的兩手空在那裡亂抓亂舞。

懸崖飛也似的向上升，繩索也越轉越快。他的身體被帶得像陀螺一般打轉，覺得天地都在旋動，眼睛也變得發花，有許多使他頭暈目眩的光環，在瞳孔裏閃動。懸崖下面是一條窄澗流，這時那蜿蜒的水流，也變成無數銀色的蛇，萬頭鑽動的糾纏不清。野草跟遍地叢生的灌木，在他下面幻動出一片模糊圖案。

他看到一棵樹，忙伸手抓去，但抓個空。

事實那樹離他還有相當距離，他感到近，祇是在轉動中引起的幻覺。但他曉得，無論如何都不能讓自己掉到山谷裏，那將是一個粉身碎骨的結果。於是他在空中舞得更亂抓，腦子裏只有一個想法：

抓住繩子。

抓住繩子。

可是繩索盪得太快，也轉得他發昏。山和樹跟遠處那抹陽光下的山野，在他眼裏祇是一團幌動的影子。即便是一個影子，他仍然要抓住。他的手觸到一棵樹幹上，觸出一陣忽天忽地的震撼。他被彈起來，像風箏般飛得好高。繩索被這一陣激烈的震盪，連續的絞了好幾個陣，他轉過來，又轉過去，猛向懸崖撞去。

又被彈起來，接著又落下去。

然後是一陣更猛烈的忽起忽落撞擊。

二

又是一片沙石瀉下來，一塊大石頭從他身旁滾下去。

落速驟然又快了，有一大片暗影橫在他下面。他無暇細看是什麼東西，全力的撲過去，這時他腦際只有一個一定要抓住它的念頭。但這念頭祇一閃，就被一陣強烈的震撼打斷。他吊在半空的身體，驀地像波浪似的翻騰起來，兩臂也像折斷了一般痛。

落勢停止了，他吊在一棵樹枝上。掛在半空的繩索，兀自在那兒不停的盪。那是一根檜樹的老枝，斜出懸崖的外面。他究竟怎樣抓住它，他自己也弄不清楚，是本能嗎？因為人在最急迫的時候，就會在不知不覺中，把生存的本能發揮到極點。現在他凝凝神，手拉著樹枝向上望去。那株蘭在那裏呢？為了這麼一株野生蘭花，冒這樣大的險，值得嗎？

可是葛玲那張憂傷的臉，馬上浮現在他的面前。那麼他的冒險是值得的。不是嗎？長久以來，他就希望能為她做點事。現在她要去臺北了，他應該把這株野蘭採下來送給她。

三

繩索仍在緩緩的盪，隨著徐徐的山風，擊打著懸崖的樹木跟野草，響出陣陣簌簌聲。季楠的身體一時還無法穩下來，吊在樹枝上來回幌盪。但他又低頭向下看一眼，沒想到這麼驟然一失足，就快落到澗底了。

「好險！」他禁不住喃喃的說。

陣陣疼痛也從他身上泛起來，他覺得渾身都是傷。幸好預先有準備，把騎摩托車用的膠盔戴在頭上，頭才沒被落石砸一個大窟窿。可是再想想，真的值得嗎？當然值得，他不能讓葛玲帶著滿懷的失望去臺北。但怎樣才能採到那株野蘭呢？他望著懸崖不停的動腦筋，懸崖實在太險，像刀削的一般從頂端切下來，直直的陡立著。表層的岩石長期受風雨的吹打，都化成酥酥的碎片，輕輕一碰便往下落。

那些且不管了，最重要的，是要先把自己弄到一個安全地方。像這樣吊在半空，有什麼辦法好想。

因此他必須先想法子，爬到這棵樹上。於是施展出玩單槓的技術，來個曲肘上，抓著樹幹兩臂用力往上彎。但要扭轉手肘立上去的時候，痛！突然一陣像針刺的流，順著胳膊傳上來。驟然間好像身上的每一個關節都發痠；痠得一點用不上力，刷的一下子掉了下來。

一面喘著氣，一面看著那根樹幹。會連這根樹幹都爬不上去，他有點不信邪。在讀書的時候，玩單槓是他最拿手的把戲，什麼拿大鼎、打車輪、曲肘上、都是他體育課最拿手的項目。

咬咬牙根再上。痛！痛！

痛也得忍著，他不能老吊在這兒。

可是不成，他又掉下來。真他媽的邪門，那股疼痛的流，不動的時候，就像停滯那兒似的。但在用力的緊要關頭，就顫動著往他肉裏扎。

他的兩臂發軟，手掌在冒汗。

哦！那不是汗，是血。手什麼時候被戳破了？手握過樹幹的地方，變成一片紅。

四

季楠望著樹幹上那片血漬，腦子又開始轉。他突然警覺的告訴自己，不能這樣硬往上爬；萬一爬不上去，又不小心鬆了手，後果就更不堪設想。他不能剛從危險邊緣逃出來，又冒失的鑽進危險裏。為了安全，他應該把身上的繩索繫牢；那樣即使鬆脫了手，繩索仍會把他吊住。剛才所以發生這種危險，就是由於一念之差，偷個懶，沒把綑在身上的繩索分段繫牢。才會一失手，就沒有法子控制，發生那種一瀉千里的驚險。

可是身上的疼痛，好像在流轉，動一動就受不了。

手上的血，也兀自流個不停。手握樹幹的地方，先是一股濕濕的感覺，沒多久便從指縫滲出來。

看到兩隻紅紅的手，跟身上逐漸增強的疼痛，他真想放棄那株蘭，不採了。然而那樣，豈不連葛玲都不如嗎？那小妮子，生來就一副堅強性格，緊閉著的小嘴巴，兩邊總是浮著曲扭的線條，彷彿對什麼事情都充滿了信心。只有對這株野蘭，她已經認輸了，曉得自己沒有力量採到它。儘管這樣，她仍念念不忘。特別是在那晚的餐桌上，又一再的提到它，從那躍動的眼神就可以看出來，她如果得不到這株蘭，對她將是一樁極大的遺憾。他不願像她那樣的女孩子，遭受遺憾的打擊。他不是沒有力量幫助她，他有。他應該讓她帶著快樂的笑容離去才是。

於是他一手攀緊了樹幹，一手把繞在腰際的繩索，打了一個牢靠的結。他這才放了心；並且經過一番深思熟慮，也不再逞能了。既然無法一下子爬上去，便謹慎的用手扳著那些橫橫斜斜的小枝，一步一步往上爬。不小心的掉下來，也不會再發生那種高空飛人的險狀。最多吊在繩索上打幾個轉，在半空盪一會。

他一共爬了五次，才艱難的爬上那根樹幹。坐在那根老枝上，季楠靜靜的喘口氣，緊張的心情也得到鬆弛。可是再低頭看看，天哪，在他的正下面，有一塊聳出澗水的大石頭，恰恰不偏不差的對著他。那嵯峨峋嶙的怪狀，就像一隻蹲伏在那兒的兇猛怪獸，張著血盆般大口。如果他剛才不被這棵樹攔住，一定也會不偏不差掉進牠嘴裏。

現在他已經有把握不會再掉下去，一次失敗，換來一次慘痛的教訓。於是他再一次抖抖繩子，試試是否牢固，同時也看看天。這不是一個好天氣，陰陰的，有片片雲朵順著山谷往上升；那雲掠過他身畔時，就變成一層濛濛的霧，把視野遮成一片茫茫。

透過這層茫茫，他仍可以看到那株野蘭。那到底是一株什麼蘭呢？有價值嗎？且不必去估量它的價值了，要採就去採吧。事實他心裡也有數，它不可能是一株身價百萬的上品。以臺灣養蘭風氣之盛，採蘭人數之多，足跡之遍。如果它身非凡品，絕不會好端端的留在這兒，早就被人珍若拱璧的挖走了。那麼它毫無價值嗎？起碼現在對他，就有極大的價值，沒有別的東西可以抵得過的。

他再抬眼看去，也看到對面那帶山地。葛玲不就是在那兒發現這株野蘭嗎？季楠驀地記起，當時她黑眼珠裡那抹喜悅。

五

那已經是一年前的事了。去年的青年節，公司裡舉行一次員工春季旅行，地點是鷹嘴山，也就是這個懸崖上面那個山頭。其實在這兒下車後，真正有興趣爬山的，不過四、五個人。旅行嘛，雖然說是來爬山，還不是藉機會出來散散心。因此多數人都是在這片平坦的高地上，隨便的走動走動，也算達到旅行的目的。

可是葛玲卻不能像別人那樣，像出了籠的鳥兒一般，亂蹦亂跳。她祇安靜的坐在一片草地上，低哼著一個輕快的曲子，手拿著一個望遠鏡，轉動著四處張望。顯現在臉上的神情，是一片恬靜。彷彿她的生命，也像這春天般，無憂無慮，閃耀著燦爛的光彩。

這情形看在季楠眼裏，卻在暗中泛起一股同情。覺得她愈那樣安靜，心頭可能愈加痛苦。為什麼呢？春光實在太美了。青年節前後這段時間，本就是春光最絢麗的季節，在僻處深山這片土地，春像一個不受驚擾的天使，可以優雅而安閒的，向人間撒下溫柔的笑容。於是野花開了，蜂蝶競舞。那種紅綻乍吐，嫩綠壓枝的景色，是那麼艷、那麼俏、那麼媚。如同一個初著嫁衣的新娘；而那艷、那俏、那媚，在春風吹拂中又款擺出萬種風情。蕩得人暖暖的、柔柔的。但這美好的春光，對葛玲會不會是一種傷害呢？季楠曉得她是一個不肯向環境屈服的人，現在呢？她能不接受這個事實嗎？

他採了一大束野花送給她。

「謝謝！」她臉上露出笑容。

她對那束野花顯然十分欣賞，拿在手裏，一直在左看右看，或把鼻尖湊到花朵上聞著。這使季楠感到十分安慰，覺得總算幫她做了一件事。並且沒料到這位個性倔強，從來不肯接受別人幫忙的小妮子，居然對這束不起眼的野花，竟那般珍惜。

他又到草地上去流連，看有沒有其他的東西可以採給葛玲，增加她旅行中的快樂。

突然她大聲叫起來：

「季先生，你來看哪！」

「看什麼？」他很快的走過去。

「你看那裏有一株蘭花。」葛玲取下眼上的望遠鏡揮舞著，目光中躍動著喜悅的神采。

「在那裏？」他問。

「在那邊的山崖上。」她把手裏的望遠鏡塞給他，抬高了身體，用手指給他看。

季楠把望遠鏡放到眼上，順著葛玲的手勢，向對面的懸崖看去。在那陡直的峭壁上，長滿密密麻麻的老樹，交纏的枝葉結成一層厚厚的網，把懸崖網成一片陰暗。季楠在那片陰暗中搜索大半天，看到的祇是一片模糊。

「我看不到。」他搖搖頭。

「在那裏嘛！」葛玲又給他指正一番：「那個懸崖頂上不是有一塊凹進去的地方嗎？就在那裏。」

「哦！你說那棵綠綠的野草？」季楠在望遠鏡中看到的，不過是一片綠綠的影子。

「就是它。」葛玲點點頭。

「那會是一株蘭花呀？我怎麼一點看不出來？」

「對的，是一株蘭花沒有錯，我認得出來。祇是不曉得它是什麼蘭，要能採到就好了。」

「在那種地方，怎麼個採法？」

「那多可惜。」她低聲的說。

季楠聽出葛玲聲音中的失望與惋惜。他清楚葛玲的習慣，每當她對一件事情無能為力的時候，便會低聲的自言自語。其實要採那株蘭，也不是什麼難事。雖然那道峭壁很陡削，下臨一道深不見底的狹谷。但可以從懸崖頂上想辦法，祇要有一條繩索，一端在樹上繫牢，一端綑在腰裏，便可以拉著繩索墜下去。

但他沒說出來，他覺得空說沒用。同時他也覺得對那樣一株不知名的野蘭，花那麼多的精神，不值得。

六

回到公司後，葛玲曾經好幾次提到那株野蘭。她雖然不是直接對他講，但辦公室只有他跟她兩人，自然是有意讓他聽到。然而每次他都不搭腔，他來公司的時間太短，對坐在對面的這位小姐還不十分了解。儘管青年節那天他曾多方照顧她，儘量想辦法使她快樂。但回來以後，總保持著一種適當距離，不敢對她露出分毫的關懷。因為他還記得第一天到這裡上班時，碰到的尷尬場面。

砰！砰！

咕咚！

這兩聲突發的聲響，是來自他辦公桌的對面，使他禁不住抬頭向前看去。他是在春節過後不久，被聘到這家電子公司擔任工程師。到差的那天，總經理僅跟他約略的談談工作要項，便有事出去了。那間小小的辦公室，便祇剩下他跟會計小姐兩人在那兒駐守。

由於這家公司係初創，規模不大。唯一的重要建築是廠房，其他一切便因陋就簡。因此那間辦公室便小得可憐，裏面的辦公桌，僅有三張，一張是總經理用，一張會計小姐用，一張季楠用。並且為了減少佔地面積，他的桌子跟會計小姐那張連在一起，兩人成了面對面。不過那時候會計小姐正在忙著統計一些表格，總經理便沒給他們介紹。可是當他坐下時，兩人還是很快的互掠了一眼，卻未打招呼。然後便各顧各的低頭工作。

但在那目光一掠中，季楠對會計小姐的面貌輪廓便留下極深的印象。她是個臉型瘦削的女孩子，頭髮很長，烏溜溜的掛到肩上。她的下巴　尖尖的，臉色有點暗，好像在肌肉裏積存著很深的憂悒，因而也使她那兩個腮幫子拉得很緊。她的眼睛卻很尖，兩顆黑眸在轉動時，帶著一股鋒利的刃。她的嘴一直都緊閉著，從嘴角綻出的那抹線條，表面上雖然很平滑。如果留心細看，便會發現它帶有一股十分曲扭的勁兒；顯示出性格的倔強。

她始終都默默工作，整整一個上午，都沒離開她的座位。倒是季楠初來乍到，一時還摸不到工作頭緒，沒辦法一直安心做事，不時站起來舒張一下筋骨，或站到門口看看那兒的鄉村風光。他當然希望能從她口中了解一點公司的實際狀況，便於他爾後工作。無奈她那副冷若冰霜的樣子，使他開不了口。

直到午餐的時間到了，對面竟傳來這麼兩聲響聲。並且他發覺會計小姐突然變得氣急敗壞，在椅子上彎著腰，不停的向地上抓，一時像又抓不到地上的東西。

她在抓什麼？他隔著辦公桌看不清楚。於是忙站起來，想去幫忙她。儘管這女生十分冷峻，終究是一個女孩子。他不能眼看著她在那裡焦急，而無動於衷。轉過那兩張桌子時，他才看清楚那邊的情形，原來有兩隻拐杖倒在會計小姐身邊的牆腳下，她就是在抓它。

季楠沒考慮便急忙說：

「你別急，會計小姐。我來幫你拿。」

「不准動我的東西。」聲音又冷又硬。

這個結結實實的釘子把季楠碰得，一時怔在那兒不知所措。但仍很和藹的對她說：

「我幫你不好嗎？你拿不到。」

「誰說我拿不到，我能拿得到。」又是一聲厲叫。

季楠也是一條大笨牛，照說人家不領情，他就應該識趣才是。他偏偏又不識趣的問了一句：

「你怎麼了？怎麼要用拐杖？」

「走開！不要管我的事情！」會計小姐像一條被刺傷的蛇，臉脹成一片青紫色：「我自己能做的事情，就自己做，誰也不要幫忙。」

季楠總算識趣了，趕緊退回去。但見會計小姐把身體猛一歪，彷彿要倒下去似的。卻又見她手一按桌面，便扶著椅子站了起來，拐杖也到她手裡。於是她把拐杖往胳肢窩裡一夾，氣呼呼的走出去。

這時季楠才明白了，她是一個小兒痲痺症的患者。

七

也許會計小姐也發覺她剛才對季楠的態度太過分，午餐回來的時候，竟變和藹多了。她把兩隻拐杖在辦公桌後面放好，安靜得像正常人一般。

「真對不起你，季先生。」她十分文雅的說：「我剛才對你講話的態度太不禮貌了。」

「沒有什麼。」季楠淡淡的說。

「你不怪我脾氣太壞嗎？」

「那裏，我怎麼會怪你。」

「可是你來的時候，總經理對你講過什麼沒有？」

「祇告訴我一些業務上的事情。」

「他有沒有談到我？」

「沒有，除了業務上的事情，沒談別的。」

「我想他一定講過，是你不肯告訴我。」

「真的除了業務上的事情，別的什麼都沒談。」他張開兩手，做出一種十分坦白狀：

「我們上午在這裏談話，你也見到過。總經理忙著要出去，連業務上的事情都沒有交待完，就急急忙忙的走了。」

「他以後還是會跟你談。」

「會談什麼？」

「他會要你幫助我。」她的目光在季楠臉上轉了轉，又落到面前的桌子上：「我最討厭總經理老對別人說那種話，我為什麼要人家幫助？我知道他的意思是要別人同情我，可是同情就是可憐。我什麼事情都能做，做的不比別人差，為什麼要人家可憐。」她驟然把頭昂高，釘著季楠，臉上充滿了自信與驕傲。

「也許總經理不是這個意思．再說他要別人幫你，也沒有什麼不對。人與人之間，本來就該互相幫助。」他極力保持著臉上的笑容，聲音力求平靜。

「那為什麼總經理不叫我去幫助別人？」她的目光向他逼視著：「他因為我是一個殘廢的人，就要別人來同情我，那不是可憐是什麼？可是我不承認我殘廢，我也不要別人可憐我。不過話再說回來，總經理對我也最頭痛，恨不得馬上趕我走路，祇是講不出口。」

「你怎麼老這麼想呢？」他慢慢的思索著說，謹慎選擇不傷害她的字眼：「如果你老認為人家幫你，就是可憐你，那就是鑽牛角尖。就像我，還不是經常需要別人的幫助，我從來就沒那麼想過。」

「你當然不同了，你的身體沒有毛病，感覺自然跟我兩樣。可是你要人家幫助什麼？」

「像現在，我就希望多了解一點公司裡的情況。」

「你問我好了，我對公司最清楚。」

「那好，我有了問題就問你。」

「但我也對你說，你如果是真心的幫助我也可以，卻不准可憐我。誰要是可憐我，我就會恨死他。你知道你上面那個人怎麼走的？他是被我用拐杖打走的。」她大聲的笑著說，卻好像身體那兒有傷，很痛。

季楠抬高眼，想證明這小妮子的話，是真是假。

八

總經理果然找到一個葛玲不在辦公室的機會，對季楠提起她，他極坦白的對季楠說：

「照說我們當初希望的會計小姐，是這樣的人才，除了記記賬外，還能兼辦一些雜碎事情。像到外面跑跑，管管工廠方面的業務。因此招考那天，來的人當中，有幾個很合適的女孩子。可是她拄著一雙拐杖來了，從客運公司候車站到這裏那段路，你是曉得的，實在不算近。虧她有勇氣走過來，累得臉上汗珠直往下淌。你說我怎麼辦？我能叫她白跑一趟嗎？我狠不下那個心。所以雖然知道她不是合適的人選，還是用了她。」

「總經理做的很對。」季楠感動的點點頭。總經理說得很坦白，不論誰站在公司的立場，都不會用這樣一個人：「像她那樣的女孩子，確值得同情。」

「嗨！這一同情，麻煩就來了。」

「為什麼呢？」

「你知道你前面那位趙先生怎麼走的？」

「不清楚。」季楠搖了下頭。

「說實在話，葛小姐這個人。」總經理把兩手合在一起揉著，像要揉開一個解不開的結：「是一個很可愛的女孩子，她的工作細心負責，把賬目能弄得清清楚楚。儘管有些事情她不能出去跑，那也不能怪她。只是在心理方面，也受了身體的影響，有點不正常。」

他不知總經理究係何指，只有靜靜聽下去。

「好！我就告訴你，趙先生為什麼走好了。」

對總經理來說，那好像是一件很重要的事似的。他說到這裏，突然調整一下姿勢把身體坐正，同時又把上身向前一傾，做出個要他仔細傾聽的樣子。

於是總經理便開始詳細述說那樁事情的經過，雖然葛玲告訴他，那位趙先生是被她用拐杖打走的。但照總經理的說法，是被她逼走的。因為那位趙先生見葛玲是一個身罹殘疾的女孩子，對她十分同情，便多方幫助她，給她安慰和鼓勵。有時陪她散散步，有時請她吃吃零食。那知這種過分的同情，使她誤解了，以為他愛上她。不過這也難怪她，像她這樣身體殘缺又心靈閉塞的女孩子，一旦有人對她好，難免會認真起來。

可是一個在愛，一個卻又沒有那回事，兩個人在一個辦公室裏，那日子怎麼過法。因此有一天葛玲便愛極生恨，打了趙先生一拐杖，罵他玩弄感情。這一來兩人只有一條路可走，就是必須有一個人捲行李走路。照總經理的意思，當然是希望葛玲能辭職，他多發她兩個月的薪水都願意。那樣他就可以另請一位能夠幫他跑跑腿打打雜的小姐，可是她不辭，他就狠不下心來解雇她，只有讓那位趙先生走。

「所以我也提醒你，季先生。」總經理把那樁事情講過後，又提高聲音對季楠說：「你以後是要跟葛小姐一個辦公室工作的；不論你對她是同情，還是可憐，或者是愛；如果真的是愛，倒也罷了。假如只是同情她，想幫助她，就得小心。如果再弄出誤會來，又是件麻煩。」

「我會注意的，總經理。」

「我希望你能同情她，如果能愛她我也贊成。她雖然性情過於孤僻，卻是個好女孩；但我絕不鼓勵你。」

九

葛玲的生活天地很窄狹，她在廠內活動的範圍，祇是宿舍、餐廳、辦公室，輕易不到別的地方走動。她的朋友也極少，唯一相處得不錯的女孩子，是作業員黃秋枝，她也很少來看她，因此她的生活一直是孤獨的。

並且一個小公司，要記的賬能有多少？所以她的閒暇也比較多，當她沒事的時候，總是手裏捧著一本書，默默的讀。態度十分認真，有時還會做筆記。

但季楠看得出來，她讀得很苦。因為她會經常愁眉苦臉的瞪著書本發呆。

有一次季楠便勸她：

「你何必那樣苦用功，輕輕鬆鬆不好嗎？」

「不讀不成啊。」她笑笑說。

「為什麼不成？不願讀就少讀一點。」

「我不能跟別人比呀。像我這樣的人，如果一點東西都不會，將來靠什麼生活？」

她這話雖然聽起來很平淡，可是仔細一品，裏面卻含著不知幾許悲哀。她講的很對，不論什麼人在她那個境況，也會同樣的感到哀傷。可是這種話只有她自己可以說，如果別人在語氣裏，稍微沾到一點影子，就如同點燃一枚炸彈，弄得驚天動地。

她會用拐杖猛敲著說：

「我殘廢！我那一點殘廢了。我什麼事情不能做？我那一樣工作沒有做好過？」

碰到這種情形，大家只有噤住聲，不去惹她。

她也很愛美。在辦公室沒事的時侯，有時也會刻意的打扮自己，把兩個瘦瘦的小臉頰塗得紅紅的，倒也嬌妍動人。祇是總經理經常不在家，她這種化粧只有季楠一個人見到；偏偏季楠又太忙，無暇仔細欣賞。因而她那種顧盼弄姿的樣子，就變成顧影自憐。

不過這也不能責備她，她所以會這樣，完全是寂寞引起的。但誰又能幫她解除寂寞？誰又肯幫她解除寂寞？不過那時候他跟她的談話，已經可以隨便一點，用不著像初來時候那般小心謹慎，時時怕觸怒她。

有天她閒中無聊，坐在椅子不停的剔指甲。那種卡喳卡喳的聲音，使季楠覺得渾身發毛。

於是季楠笑著對她說：

「你饒了我好不好？葛小姐。」

「我怎麼了？」她的眼睛閃起來，是很亮的。

「你剔指甲的聲音像刀子在刮我的心一樣，卡喳卡喳的，把我的心都刮碎了。」

她笑了，黑眸朝他閃了閃。

「你叫我做什麼呢？」

「你做什麼都可以，祇要不剔指甲。」

「那你教我畫設計圖樣好了。」

「你學那個做什麼？」

「學會當你的助手啊！」她莞爾一笑：「你把草稿畫好了，我就可以幫你清稿。看你一天到晚忙得連喘口氣的空閒都沒有，多可憐。」

「你也講別人可憐哪？」

「你跟我不同啊。」她臉上那個明快的笑容中，突然雜進一股淒涼：「你的心理健全，我的心理不健全。所以我講了沒有關係，你講了我就會敏感。」

「這叫做『祇許州官放火，不准百姓點燈』。」

她又明快的笑起來。

十

季楠還是教葛玲繪設計圖樣了。因為兩人相處久了，熟了，葛玲閒著便會不住口的囉嗦，他又無暇聽；而老是有問無答，又會得罪她。能找一件事情去補那段空白，就可以塞住她的嘴。小妮子的學習精神是十分可佩的，當他講過繪圖的基本原則，並拿了幾個舊圖做範本，她便認真的畫起來。經常在晚上，一個人跑到辦公室，埋頭在繪圖。

有天晚餐後，季楠出去散步，經過辦公室窗外時，見她已經坐辦公桌前。他便隔著窗子說：

「晚上還跑來加班？」

「吃了飯沒有事，閒著也是無聊。來弄弄畫畫，也可以把時間打發過去。」她說著抬頭看看他，眼神裏那層很深的寂寞，在瞳孔淤成一層濛濛。

「為什麼不出去散散步？」

「一個人沒有意思，你到那裏去？」

「我想到河邊走走。」

「我也去好不好？」她的眼睛閃了閃，穿過那層厚厚的濛濛，透出一道希望的光。

可是他卻打心底替這個小妮子難過，儘管她一再強調不要別人同情，自己也沒有什麼地方比不上別人。但她這一問，就把心頭的自卑完全暴露出來。否則她根本用不著問，高興去就去。同事間在一道散散步或聊聊天，原是一件極平常的事。

「好哇！」他爽快的答應著。

那是個深秋的季節，黃昏時分的田野，有一種爽目的疎曠。小河很窄，從遠處的山邊蜿蜒而來，滾珠盪玉般滑過河底的石隙，帶著聲聲低唱漩起圈圈漣漪。一股清冽的寒意，也從清澈的河水中泛出。河岸上長著很多蘆葦，跟一堆灌木叢糾纏不清的長在一起。一陣晚風吹來，一叢白頭的蘆葦揚起一股蒼涼。

葛玲望著蘆葦突然感傷的說：

「我的命運或許就像這蘆花一樣。」

「為什麼要這樣悲傷呢？蘆花也不是壞東西。」

「可是它給人的感覺卻是哀傷，生命中沒有顏色，被風一吹，便亂飛亂舞，自己一點都做不得主。」她突然仰起臉，漠然望著秋日的灰色藍天。有塊塊碎雲，貼在空際；貼成一片淡淡漠漠的愁容。

她又長長的吐了一口氣說：

「本來我是不相信命運的，無奈現實逼得你，不能不信。過去我是個性格非常強的女孩子，由於我的腿不能跟別人一樣，我就在意志方面努力要求自己，不論什麼事情，都奮力去做。相信只要我肯努力，任何事情都可以達到目的。事實卻有許多事情，不是靠自己的力量，就可以完成的。即使盡了最大的努力，也只能做到一半。另一半則操在別人手裏，想不服輸也不成。」

季楠靜靜聽著她的談話，推敲話內的意思。她顯然是有所指，一時卻弄不清楚究竟是指什麼。

「舉個例子吧？」他輕描淡寫的問。

「譬喻……。」她吞吐了一下停住，又把眼珠一轉，彷彿把主題避開似的：「青年節旅行時，我在鷹嘴山看到那株蘭花，我雖希望採到它；但卻永遠沒有辦法採到。」

她的目光閃鑠著，像怕他窺破真象一般。

他當然不願去追究那個謎，順水推舟的說：「我找機會給你採來好了。」

「謝謝你。」

十一

季楠那話講過後，沒有立即去實行。工廠離鷹嘴山那麼遠，他不可能專程去採那株蘭。祇希望有機會時，順便給她去採。於是冬天來了，在寒風料峭的季節，葛玲的生活好像更加寂寞。因而她又開始另一件工作，她買來很多白毛線，利用工作的空閒編織圍巾。

就在這個時候，有個傳說她有了男朋友，並繪聲繪影說得活靈活現。這消息也使季楠替她高興，照葛玲的年齡來說，她是到了該有男伴的時候了。

那麼她打圍巾，一定是給她男朋友打的了。

「這是打給誰的？」季楠明知故問的笑道。

「你猜？」她的目光又開始閃鑠。

「打了送我的？」

「你要嗎？」

「當然要了。」

「那這個打好就送你。」

「算了，開玩笑的。」季楠連忙笑著說：「我沒有那個福氣，我曉得你是打給男朋友的。」

「我也曉得你不會要。」

「那怎麼個說法；」

「保持距離，以策安全。」

季楠哈哈大笑起來，這笑，是用來掩飾他的窘態。他沒想到葛玲會對他說這種話；他是對她保持距離嗎？也許是的。不然為什麼葛玲的話一出口，就好像心頭的祕密被戳穿，臉上也變了顏色。

她似乎已看出他心頭有鬼，神色黯然了一下。但又馬上抬起頭來，俏伶伶的嬌笑道：

「你緊張什麼呢？我這個人也有自知之明。知道自己不是一隻鳳凰，不會硬往高枝上飛的。」

「你錯了，葛玲。我不是這個意思。」季楠想找話解釋，可是又講不出一個道理。

「我想是你錯了。」葛玲又俏伶伶一笑。

這笑更像刷子一般，把季楠掩在臉上那層保護色給刷下來。也由於這段插曲，使季楠暗自警惕。對於愛情跟友誼，他本來相信自己可以把那兩條線，分得清清楚楚。並且他對他的愛情，早在幾年前就在腦子裏繪出一個清晰的輪廓。現在正瞪大著眼睛，在茫茫人海中，網取那條可以燦爛他生命的金魚。那形象以外的女孩子，他不會盲目的把她網入他的感情網裡。

慢慢的，他跟葛玲的距離又拉遠了。這一遠，便好像什麼都淡了。兩人在辦公室內，連話都很少談。葛玲只一個勁的，默默的打她的圍巾。

當圍巾打好後，她卻又問他：

「真的不要嗎？如果要，這個真的先給你。」

「你的男朋友呢？」

「我可以再給他打。」

「謝謝你。」他微笑的搖下頭。

他見她把圍巾狠狠塞進抽屜裏。

十二

沒想到葛玲會突然辭職去臺北結婚，季楠聽到這消息先是一愣，接著又是高興。他對這個身體殘缺的女孩子，一直都極為關懷，希望她能早日得到幸福。

於是他在公司附近一個小館子請她吃飯，並請黃秋枝作陪，席間他對葛玲興奮的笑道：

「結婚時別忘了請我吃喜酒啊。」

「一定不會忘。」葛玲也嬌笑的回答。

「你答應葛玲的東西呢？」突然黃秋枝插口說。

「什麼？」季楠不曉得她指的是什麼。

「鷹嘴山那株蘭花呀！」

「哦！它呀！」

「不要去採算了，那怎麼採。」葛玲語調平淡得像沒有一點節奏感：「我馬上就要去臺北了，看樣子我是永遠得不到它了。」她說完把臉轉到一邊，神情很特別。是失望，是黯然，還是別有一番傷感。

「我馬上去給你採，星期天就去。」季楠急忙的說。

可是不論橫想豎想，季楠都猜不透葛玲為什麼會那麼在意這株野蘭。然而不論她腦子裏轉的是什麼念頭，季楠都決心把這棵蘭花採到。他不願讓葛玲在臨走的時候，還帶著一份遺憾。不是嗎？他一直想幫助她，替她做點事情。那麼這就算他幫她做了一件事好了。

因此他這天一早就騎著機車來到鷹嘴山。

季楠完全照著旅行那天的構想開始行動，從懸崖頂端往下爬。他用根繩索在一棵大樹上繫牢，一端繫在他的身上，再把十字鎬在背上插好，便動身往下爬。

他的錯誤，是他偷了一個懶，沒有把繩索在身上一段一段繫好。因為如果分段繫好，即使一個失手，也不過往下掉一段，仍會被繩索吊住。但那樣做也太麻煩，要下一段解一段才成，會耽誤很多時間。

但就這麼一懶，才發生剛才那幕驚心動魄的危險。

十三

季楠在樹幹上坐了一會，體力逐漸恢復。又振奮一下精神準備向上爬，有了剛才那種一瀉千里的教訓，他不敢再存僥倖，重新把繩索跟十字鎬綑綁一番。採步步為營的方式，往上爬一段，把繩索緊一段。

他一面攀著樹枝，一面拉著繩索向上用力。手掌上的傷痕被繩索磨擦得像火燒一般。痛也得忍著，不肯把手放鬆一下。他見手一抓繩索，上面便染出一個紅印子。

一朵雲飄來，野蘭掩在那片茫茫裏。

喘了一口氣再爬，手又磨出新的傷。在繩索的不斷磨擦中，他的手掌到手腕，被磨擦出一條一條長長的大口子。血順著臂肘不停往下滴。

兩腿夾繩索處，也好像刀割的一般痛，原來褲子的膝蓋處，也出現一個大洞。皮肉一直在繩索上磨擦。

他不理會那些傷。要理，就別想再爬一步。

唯一的辦法就是忍。

當季楠爬上懸崖，到達那株野蘭邊的時候，他已經累得一步也不能動，兩腳一軟就倒在山坡上。

他閉上眼睛，好睏，渾身一點力氣都沒有。他渴得要命，口腔內乾得如同沙漠，能有一口水喝多好，把像焦了的喉嚨潤濕一下。這裏那兒有水呢？他顧不了那麼多，把臉埋在腐爛的落葉上，吸取上面的濕氣。

季楠在那兒迷糊了一陣，睜開眼時，已近黃昏。

現在他可以看清楚那株野蘭了，幾片暗綠的葉子，瘦瘦的，窄窄的。在寒風中，像在顫抖。

就這樣一株野蘭嗎？

為什麼那麼重要呢？

十四

葛玲一早就要走。他比她更早就爬起來，把採來的野蘭給她送去。其時黃秋枝已幫葛玲整理好行裝，並替她叫來一輛計程車。葛玲穿著一件紅大衣，圍著她自己打的那條白圍巾，正一跛一跛往車上搬行李。

季楠過去把包在紙包中那株野蘭塞給她。

「哪！給你！」

「什麼東西？」她接到手，眼睛朝他閃了閃。

「你自己看。」

「啊！你到底把它採來了？」

「昨天特地去採的。」

「真的？季楠！真沒想到你會去把它採來，我以為你不過講講而已。」葛玲那閃鑠的目光定下來，定定的停在季楠的臉上。兩手緊緊捧著那株野蘭，激動得像是發抖。

過了一會，她小心的把野蘭放好說：

「謝謝你了。季先生。」

「我也祝福你，葛小姐。」

計程車開動了，先是緩緩的，然後驟然加快。他跟黃秋枝向葛玲揮著手，葛玲也在車窗向他們揮手。當車子駛遠的時候，季楠掉過頭來正好碰到黃秋枝的目光。

他若有所感的對她說：

「葛小姐能結婚，真太好了。」

「她根本不是去臺北結婚。」黃秋枝搖搖頭說：

「怎麼不是去結婚？那她去臺北幹什麼？」

「我也不曉得為什麼，只知道她根本不是結婚。並且她連男朋友都沒有。」

「那就怪了，她還給她的那個男朋友打了條圍巾，打得好漂亮，我是親眼看到的。」

「你沒見那條圍巾圍在她自己脖子上。」

「啊！對呀！」

「她連男朋友都沒有，不假吧？」

「那就奇怪了」

「是奇怪。」

「這……這……。」突然他明白了。但抬頭看看遠處的公路，計程車已駛得不見影子。只留下一蓬揚起的泥塵，在半空中飄；飄出一片茫茫。

他驀地想去找她，在這茫茫人海中，能找到她嗎？

釀文學83　PG1649

大煙袋
——喬木短篇小說集

作　　者　喬　木
責任編輯　杜國維
圖文排版　周政緯
封面設計　葉力安

出版策劃　釀出版
製作發行　秀威資訊科技股份有限公司
114 台北市內湖區瑞光路76巷65號1樓
電話：+886-2-2796-3638　傳真：+886-2-2796-1377
服務信箱：service@showwe.com.tw
http://www.showwe.com.tw
郵政劃撥　19563868　戶名：秀威資訊科技股份有限公司
展售門市　國家書店【松江門市】
104 台北市中山區松江路209號1樓
電話：+886-2-2518-0207　傳真：+886-2-2518-0778
網路訂購　秀威網路書店：http://www.bodbooks.com.tw
國家網路書店：http://www.govbooks.com.tw
法律顧問　毛國樑　律師
總 經 銷　聯合發行股份有限公司
231新北市新店區寶橋路235巷6弄6號4F
電話：+886-2-2917-8022　傳真：+886-2-2915-6275

出版日期　2016年11月　BOD一版
定　　價　350元

國家圖書館出版品預行編目

大煙袋：喬木短篇小説集 / 喬木著. -- 一版.
-- 臺北市：釀出版,2016.11
面；　公分. -- (釀文學；83)
BOD版
ISBN 978-986-445-154-8(平裝)

857.63　　　　105017709

讀者回函卡

感謝您購買本書，為提升服務品質，請填妥以下資料，將讀者回函卡直接寄回或傳真本公司，收到您的寶貴意見後，我們會收藏記錄及檢討，謝謝！如您需要了解本公司最新出版書目、購書優惠或企劃活動，歡迎您上網查詢或下載相關資料：http:// www.showwe.com.tw

您購買的書名：________________________________

出生日期：________年________月________日

學歷：□高中（含）以下　□大專　□研究所（含）以上

職業：□製造業　□金融業　□資訊業　□軍警　□傳播業　□自由業

□服務業　□公務員　□教職　□學生　□家管　□其它_____

購書地點：□網路書店　□實體書店　□書展　□郵購　□贈閱　□其他

您從何得知本書的消息？

□網路書店　□實體書店　□網路搜尋　□電子報　□書訊　□雜誌

□傳播媒體　□親友推薦　□網站推薦　□部落格　□其他__________

您對本書的評價：（請填代號　1.非常滿意　2.滿意　3.尚可　4.再改進）

封面設計____　版面編排____　內容____　文／譯筆____　價格____

讀完書後您覺得：

□很有收穫　□有收穫　□收穫不多　□沒收穫

對我們的建議：________________________________

____

____

____

請貼
郵票

11466
台北市內湖區瑞光路 76 巷 65 號 1 樓
秀威資訊科技股份有限公司 收
BOD 數位出版事業部

（請沿線對折寄回，謝謝！）

姓　　名：＿＿＿＿＿＿＿＿ 年齡：＿＿＿＿ 性別：□女　□男

郵遞區號：□□□□□

地　　址：＿＿＿＿＿＿＿＿＿＿＿＿＿＿＿＿

聯絡電話：(日)＿＿＿＿＿＿＿＿ (夜)＿＿＿＿＿＿＿＿

E-mail：＿＿＿＿＿＿＿＿＿＿＿＿＿＿＿＿